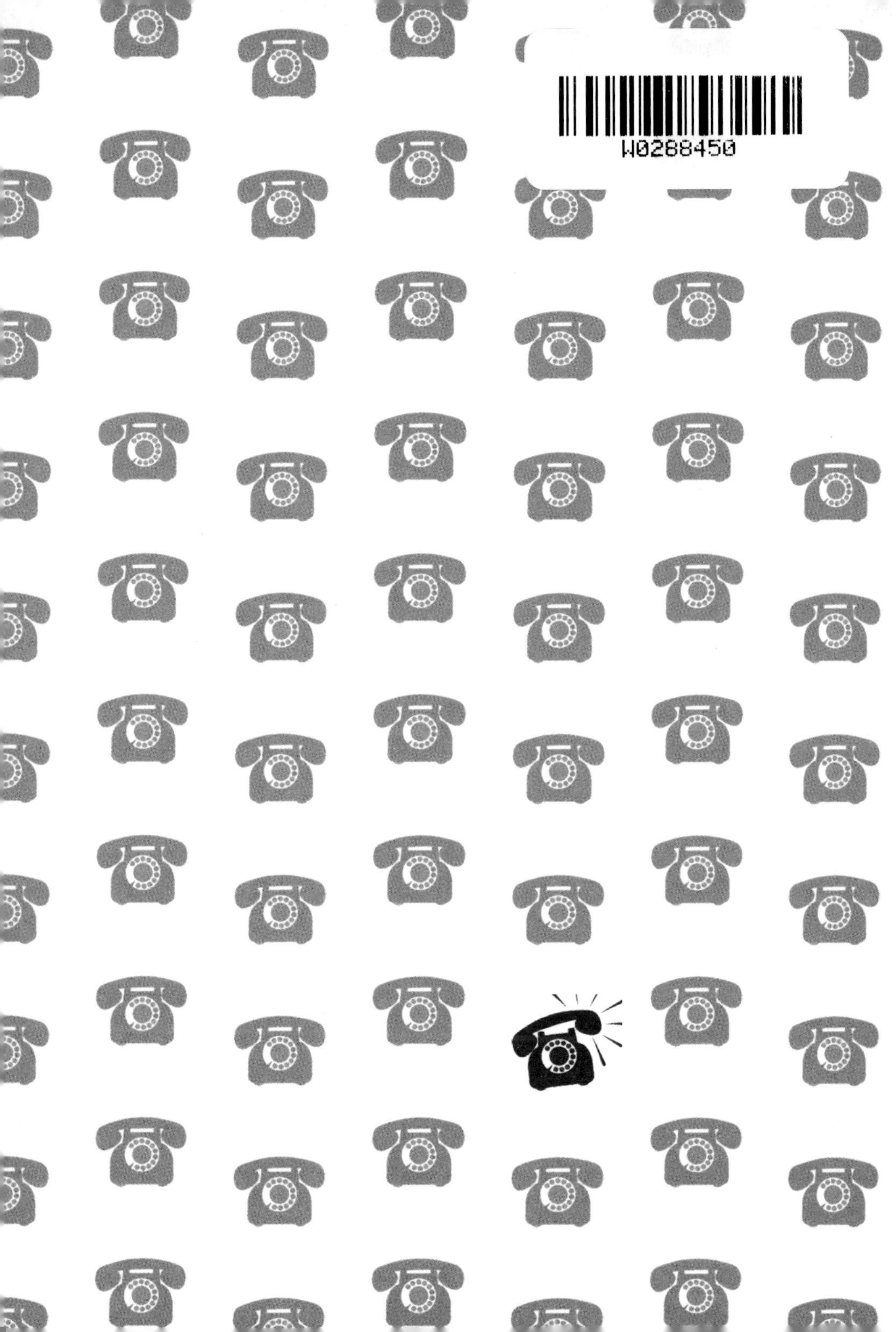

Das verwunschene Schloss

1. Auflage 2019

ISBN 978-3-7641-5164-5

Lektorat: Kathleen Neumann
Umschlaggestaltung: Carolin Liepins
unter der Verwendung von Fotos von shutterstock.com
(© shaineast; © Evgeny Komzolov)

Druck und Bindung: Finidr, s. r. o., Český Těšín
Gedruckt auf Papier aus geprüfter nachhaltiger Forstwirtschaft.
www.ueberreuter.de

Irene
Zimmermann

Das verwunschene

Schloss

ueberreuter

1. Kapitel

»Rrrr! Rrrr! Rrrr! Rrrr!«

Panisch schrecke ich hoch. Um mich herum ist es finster, und ich flehe, dass es nur ein böser Traum ist. Aber es ist kein Traum. Es ist Wirklichkeit. Im Flur schrillt das Telefon. Wie letzte Nacht. Wie vorletzte Nacht. Wie in den Nächten zuvor.

»Rrrr! Rrrr! Rrrr! Rrrr!«

Barfuß, mit klopfendem Herzen, tappe ich in den Flur, vorbei am Schlafzimmer meiner Eltern, wo wie immer heftig geschnarcht wird. Kein Wunder, dass die beiden nichts davon mitbekommen, was hier nachts abgeht. Meine Hand zittert, als ich nach dem Hörer taste. Auch in dieser Nacht leuchtet mir im Display dieselbe verdammte Nummer entgegen, diese Nummer, die ich inzwischen vor- und rückwärts auswendig kenne. Mir schießt durch den Kopf, was ich mir vorgenommen habe: Nichts sagen. Kein einziges Wort. Cool bleiben …

Wie eine Marionette nehme ich ab, presse mit angehaltenem Atem den Hörer ans Ohr.

Stille! Nur das monotone Ticken einer Uhr, dieses unerbittliche *Tack Tack Tack*, und es fühlt sich an, als gäbe es nur noch dieses eine Geräusch auf der Welt. Schließlich dumpfe Glockenschläge. Ein kurzes *Klack*, als aufgelegt wird. Und wieder ist es Punkt Mitternacht. Wie letzte Nacht. Und vorletzte Nacht.

Mein Blick bleibt am Spiegel hängen. Eine bleiche Gestalt im Schlafanzug, die rotblonden Locken wirr und verschwitzt, starrt mich horrormäßig an. Mir ist kotzübel vor Angst. Meine Finger zittern wie die von Uroma Adelheid. Aber die ist sechsundneunzig, und in dem Alter ist das total normal, meint Mom. Keine Ahnung, wie ich es trotzdem schaffe, die Anruferliste zu öffnen und auf Rückruf zu tippen.

»Kein Anschluss unter dieser Nummer. Kein Anschluss unter dieser Nummer. Kein Anschluss …«

Wie jede Nacht. Scheißspiel!

Wütend trete ich mit dem Fuß gegen einen der Umzugskartons. Was aber nicht sonderlich intelligent ist. Ich reibe mir den schmerzenden Zeh, schleiche zurück ins Bett und schlafe dann anscheinend doch wieder ein.

Irgendwann schrecke ich erneut hoch; aber es ist nur Mom, die mit einem gut gelaunten »Aufstehen, Linda-Schätzchen, heute ist unser großer Umzugstag!« den Kopf zur Tür hereinstreckt. Natürlich fällt mir sofort wieder der Anruf ein, aber ich tröste mich: Bestimmt hört dieser Albtraum auf, wenn wir erst im Schloss wohnen. Wir sind jetzt nämlich Schlossbesitzer. Mein Dad hat bei einer Online-Versteigerung ein richtiges Schloss ergattert, und zwar zu einem solchen Schnäppchenpreis, dass Mom vor Begeisterung fast in Ohnmacht fiel.

Ich übrigens beinahe auch, aber vor Frust. Dieses Schloss (okay, von mir aus, Schloss ist ja prinzipiell nicht so schlimm) liegt nämlich dummerweise nicht irgendwo um die Ecke; dagegen hätte ich ja nichts gesagt. Nein, es befindet sich in der tiefsten Provinz. Nicht mal bei Google Maps ist es zu finden, und da findet man sonst jeden Mückenschiss. Sogar die Pizzeria von Paolos Eltern, und die ist jetzt wirklich nicht riesig.

Mist! Wenn ich an Paolos schwarze Augen denke und den Blick, den er mir neulich zugeworfen hat, könnte ich schon wieder heulen.

Doch dazu komme ich nicht, denn unten im Hof wird gerade wild gehupt. Anscheinend geht es nun wirklich los.

2. Kapitel

»He … langsam! Wir haben ein handfestes Problem!«

Dad fuchtelt hektisch mit den Armen, was wohl heißt, dass Mom endlich bremsen soll. Macht sie natürlich nicht, denn im Autoradio läuft einer ihrer Lieblingssongs (irgendwas mit *Sunshine)* – in voller Lautstärke übrigens – und außerdem ist sie gerade so richtig gut in Fahrt: Pausenlos schmettert sie *»Sunshine, sunshine«* und gibt dabei Gas. Vollgas!

»Anhalten!«, brüllt Dad und stößt mich in die Seite. »Linda! Sag deiner Mutter, sie muss sofort anhalten! Sofort!«

Ich verziehe bloß das Gesicht, und Dad gibt schließlich auf. Wir sind seit fünfeinhalb Stunden unterwegs, ich hocke zwischen meinen Eltern in dem Führerhaus eines grauenhaft rumpelnden Transporters, und auf dem Schoß habe ich den Katzenkorb mit Mirabell, meiner schwarzen Katze (unheimlich süß), die ununterbrochen pupst und maunzt (weniger süß). Vor einer

Woche ist sie uns zugelaufen. Weil ich geschworen habe, dass ich nur umziehe, wenn Mirabell mitkommen darf, haben meine Eltern schließlich Ja gesagt. Wobei Mom bestimmt drauf spekuliert, dass Mirabell im Schloss die Mäuse fängt. Was ich ganz klar verhindern werde! Ich finde Mäuse nämlich ebenfalls unheimlich süß.

»Könntest du bitte mal aufhören?«, flüstere ich Mirabell zu. »Bloß mal für 'ne kurze Zeit?«

Hätte ich mir aber sparen können. Mirabell denkt gar nicht daran. Wobei sie momentan noch nicht mal die größte Katastrophe ist. Viel schlimmer ist, dass ich vergessen habe, mein Smartphone aufzuladen, und jetzt ist natürlich der Akku leer. Was, wenn Paolo mir gerade pausenlos Nachrichten über WhatsApp schickt? Klar, er hat mir gleich gesagt, dass er nicht wahnsinnig gern schreibt, aber WhatsApp ist ja nicht richtig schreiben oder so, und er hat genickt, als ich ihm das erklärt habe. Ich frage mich bloß, wie lange hält ein Junge durch, wenn null Antwort kommt? Eine Weile lang bin ich total hibbelig und rutsche auf meinem Sitz hin und her. Anscheinend macht das Mirabell komplett verrückt. Jetzt maunzt sie so laut, dass Dad sich die Ohren zuhält und irgendwas von Tierheim murmelt.

»Dann gehe ich auch ins Tierheim!«, rufe ich empört.

Das ist doch absolut das Letzte hier. Ehrlich, ich könnte schreien vor Wut. Aber weil das die arme Mirabell garantiert bloß noch mehr aufregen würde, mache ich eben Yoga (das haben wir bei MobbyFit gelernt, das ist so eine Art Fitnessclub für Kinder). Ich presse die Lippen zusammen und summe leise »Ommmmmm«, und dann fällt mir zum Glück wieder ein, wie unwahrscheinlich es ist, dass Paolo sich heute schon bei mir meldet. Genau genommen hat er mir in dem halben Jahr bei MobbyFit nur ein einziges Mal geschrieben, und das auch bloß, weil ich versehentlich seinen linken Sportschuh eingepackt habe. Also kann ich wohl aufhören, mich über den leeren Akku aufzuregen.

Außerdem nerven andere Sachen gerade noch viel mehr. Das Verhalten von Mom und Dad nämlich. Die reden seit genau drei Stunden nicht mehr miteinander. Angefangen hat es damit, dass Dad sich komplett verfahren hat. Dafür konnte er wirklich nichts, das lag am Navi, das seinen Geist aufgegeben hat. Aber damit ging es los. Mom hat ihn dann in eine Sackgasse gelotst, versehentlich natürlich, und beim Rückwärtsfahren ist er gegen einen Laternenmast gerumst. Und das als ehemaliger Busfahrer! Peinlich, peinlich. Er war ganz schön sauer auf Mom und wahrscheinlich noch mehr auf sich selbst. Seitdem laufen ihre Gespräche (wenn man das noch so nennen kann) über mich. Was nichts Neues ist – kommt in meiner Familie häufiger vor. Der absolute Rekord lag bei zehn Tagen. Das war in den Ferien im Bayrischen Wald, und ich hatte hinterher eine Woche lang

Halsschmerzen und habe keinen Ton mehr rausgekriegt. Wundert sich da noch jemand, dass ich jetzt am liebsten unsichtbar wäre?

»Linda! Sag! Deiner! Mutter …!«

Dad fuchtelt schon wieder, und außerdem hat er eine knallrote Birne. Aber deshalb mache ich mir keine Gedanken, wir glühen schließlich alle, und das liegt daran, dass sich die Heizung nicht ausschalten lässt. Außerdem ist an der Fahrerseite die Fensterkurbel abgebrochen und auf der Beifahrerseite geht das Fenster nur einen Minispalt weit auf. Aber Dad behauptet, dieser Transporter sei ein echtes Sonderangebot gewesen. Deshalb hat er ihn auch nicht gemietet, sondern Herrn Schmittke gleich abgekauft, und so fahren wir in einem himmelblauen Transporter mit der peinlichen Aufschrift *Kuno Schmittke – Umziehen macht glücklich!* durch die Gegend.

Dad hat den Wagen unter anderem auch gekauft, falls die Sache mit unserem Schlosshotel nicht hinhaut. Er meint, wir könnten dann 'ne Umzugsfirma aufmachen, denn Umzüge würden immer gehen, das sei eine echte Goldgrube, und Mom hat genickt und vorgeschlagen, in dem Fall doch gleich richtig groß einzusteigen, mit weltweiten Umzügen und so. Auf diese Weise würde man auch mal in andere Länder kommen, und Australien würde sie wahnsinnig interessieren, und sie würde uns da schon im Abendsonnenlicht an einem weißen Strand faulenzen sehen.

Aber das halte ich für unwahrscheinlich. Denn das war, bevor Dad und sie sich so gewaltig in die Haare gekriegt haben.

»Anhalten!«, brüllt Dad schon wieder, und weil der *Sunshine*-Song im Radio zufällig gerade zu Ende ist, dreht Mom den Kopf zu mir.

»Frag deinen Vater, warum ich das tun sollte«, sagt sie und schiebt eine Strähne zurück, die sich aus ihrer Frisur gelöst hat. »Und warum er so schreit. Dazu besteht nicht der geringste Grund.« Mit einem Lächeln beugt sie sich nach vorn und schaltet das Radio aus, aus dem gerade die Stimme des Nachrichtensprechers dröhnt.

»Weil wir über vier Brücken gefahren sind! Und wir wiegen viel mehr, als die eigentlich aushalten!«, brüllt Dad. »Gewaltig mehr! Deshalb! Verdammt noch mal!«

Ich halte mir lieber mal die Ohren zu. Irgendwie scheint er noch nicht mitgekriegt zu haben, dass das Radio aus ist.

Mom hat die Sonnenblende heruntergeklappt und mustert sich im Spiegel. Mit der linken Hand hält sie das Lenkrad fest und zieht sich mit der rechten die Lippen knallrot nach. Sie lächelt immer noch. »Linda, richte deinem Vater aus: Wenn wir vier Brücken geschafft haben, packen wir die nächsten auch. Darüber sollte er mal nachdenken, bevor er rumbrüllt. Das ist einfach eine Frage der Logik.«

Ich finde, da ist was dran. Aber bevor ich es Dad sagen kann, brüllt er schon wieder: »Aber nicht so eine popelige Holzbrücke wie die da vorn! Da sieht es verdammt noch mal anders aus! Das Holz ist bestimmt morsch! Beide Hände ans Steuer! Wie oft soll ich das noch sagen! Achtung!«

Tatsächlich umklammert Mom jetzt das Lenkrad. Dann tritt sie so abrupt auf die Bremse, dass der Motor abgewürgt wird und Mirabell vor Schreck das Maunzen einstellt.

»Ich sag's ungern, aber wahrscheinlich hast du recht«, murmelt Mom, als wir mit einem hässlich scharrenden Geräusch direkt vor der Brücke zum Stehen kommen.

Eine Weile lang starren wir auf die kleine Brücke, die bestimmt ihre hundert Jahre auf dem Buckel hat. Wobei man Buckel wörtlich nehmen kann: In der Mitte erhebt sich nämlich deutlich sichtbar ein kleiner Höcker.

»Wir müssen leichter werden«, verkündet Dad schließlich. Er ist wieder zu Zimmerlautstärke zurückgekehrt (schon mal ein gutes Zeichen). »Wir müssen bloß ein paar Sachen rausräumen. Dann setzen wir auch bestimmt nicht auf. Auf dem Buckel, meine ich. Also los, kommt. Packen wir's an.«

Mom mustert sich nachdenklich im Kosmetikspiegel. »Wir könnten's doch erst mal versuchen ...«

»Finde ich auch«, sage ich schnell. Ich habe nämlich genauso wenig Lust aufs Möbelschleppen wie sie. »Erst mal versuchen. Oder noch besser: Pause machen. Ich hab Hunger.«

Pause finden beide gut, und zum Glück gibt es auch kein Parkplatzproblem. Denn den Transporter können wir einfach so mitten auf der Straße stehen lassen, hier ist weit und breit überhaupt kein Verkehr. Genau genommen haben wir schon seit Ewigkeiten kein anderes Auto mehr gesehen. Während Dad hinten im Wagen verschwindet – irgendwo muss der Korb mit unserem Picknick sein –, klettern Mom und ich die Böschung hinunter zum Fluss. Der schlängelt sich grauschwarz durch die hügelige Landschaft.

»Herrlich!«, ruft Mom. Sie hat sich einen bunten Poncho übergeworfen und breitet die Arme aus. »Ist das nicht herrlich hier? Am liebsten würde ich mich in die Fluten werfen.«

Bevor sie das wirklich macht (ich traue ihr alles zu), ruft zum Glück Dad: »Es ist angerichtet! Dürfte ich die Herrschaften zu Tisch bitten?«

Das mit Herrschaften und so hat er bei einem Butlerseminar gelernt. Drei Monate dauerte der Fernkurs, und die Zeit war echt megastressig. Für Mom und mich vor allem. Wir mussten immer im Wohnzimmer sitzen, mit einer kleinen Glocke klingeln und warten, bis Dad das endlich hörte, hereinkam und fragte: »Sie wünschen?«

Irgendwann wurde klar, dass er auf dem rechten Ohr einen Hörschaden hat. Damit war das mit der Glocke durch, und Dad versprach, nur noch ab und zu beim Essen zu üben, damit er den

Butler nicht verlernt. Angeblich geht in so einem Schlosshotel ohne Butler nämlich gar nichts.

»Na gut, dann eben nicht schwimmen«, meint Mom und hakt sich bei mir unter. Trotz ihrer hochhackigen Schuhe ist sie einen halben Kopf kleiner als ich. »Linda, ich spüre es: Dieser Neustart ist eine grandiose Idee. Unser Leben fühlt sich doch jetzt schon ganz anders an. Riechst du diesen verführerischen Pizzaduft? Dieses himmlische Aroma von Olivenöl, Tomaten und Basilikum. Das riecht nach Italien. Unter uns: Ich finde es ein bisschen schade, dass unser Schloss nicht in Italien liegt.«

Ich rieche zwar nichts, aber das kann auch daran liegen, dass meine Nase gerade mal wieder dicht ist. Manchmal habe ich nämlich gegen alles Mögliche eine Allergie. Ab und zu gegen Mom. Ab und zu auch gegen Dad. Ich hoffe bloß, nicht auch noch gegen Mirabell. Die kommt mir jetzt mit erhobenem Schwanz entgegen. Laut maunzend.

»Das mit der Pupserei muss aufhören. Wenn du dich nicht benimmst, kannst du gleich hierbleiben«, sage ich. Natürlich meine ich das nicht ernst. Aber weil sie ängstlich zu mir hochschaut, nehme ich sie auf den Arm und knuddle sie ein bisschen.

»Wenn die Herrschaften bitte zu Tisch kommen würden«, sagt Dad. »Es ist angerichtet.«

Er hat sich die weißen Butlerhandschuhe übergezogen (Moms Geschenk für ihn, nachdem er die Prüfung gleich beim ersten

Mal bestanden hat) und macht eine einladende Handbewegung. Auf einem der Handschuhe prangt ein dicker Soßenfleck, aber das stört jetzt niemanden.

»Wow!«, ruft Mom anerkennend und klatscht ihn ab.

Denn Dad hat drei Sessel und unseren schweren Esstisch vom Transporter gehievt, eine weiße Tischdecke und Servietten aufgelegt und die riesige Frischhaltebox mit den Pizzaresten in die Mitte gestellt (wir haben gestern Abend Abschied gefeiert in unserer Straße, und es gab Unmengen an Pizza und Pommes und Muffins). Die linke Hand auf dem Rücken (angeblich machen das Butler so) schenkt Dad dampfenden Kräutertee aus der Thermoskanne aus.

»Auf unser wundervolles neues Leben«, sagt Mom lächelnd und hebt ihre Tasse. Wir prosten einander zu, und ich überlege, dass der Umzug – von Paolo mal abgesehen – vielleicht doch nicht so schlecht ist. Immerhin hat das mit den unheimlichen Anrufen jetzt ein Ende. Ich nicke, als Dad mir ein Stück kalte Pizza auf den Teller legt. »Auf unser neues Leben«, sage ich und grinse ein bisschen, als ich entdecke, dass Mom und Dad unter dem Tisch Händchen halten.

Nach einer Weile beginnt es zu nieseln, aber eigentlich stört das fast gar nicht. Dad hat nämlich den großen Marktschirm aufgestellt (der ist noch aus der Zeit, als wir einen Gemüsestand auf dem Markt hatten). Es ist so gemütlich, dass ich am liebsten gar nicht mehr aus meinem Sessel aufstehen würde. Außerdem hat sich Mirabell auf meinem Schoß zusammengerollt und schnurrt, was das Zeug hält, und ich spüre, wie ich müde werde. Aber Dad drängelt. Er will noch eine Kommode abladen, dann, so meint er, würde es mit dem Gewicht hinhauen. Was vermutlich bedeutet, dass wir die Sachen über die Brücke schleppen müssen, um sie dann auf der anderen Seite des Flusses wieder einzuladen.

»Kann mal jemand tragen helfen?«, ruft er. »Die Sonne kommt gerade raus. Wir müssen die Zeit nutzen vor dem nächsten Regen.«

Mom nimmt noch einen Schluck Tee, dann springt sie auf.

»Und Linda soll mal fix den Schraubenzieher suchen!«, ruft Dad. »Müsste im Handschuhfach liegen.«

»Kommt sofort.« Ich setze Mirabell, die sich mit ihren Krallen in meiner dicken Wolljacke verfangen hat, vorsichtig auf Moms Sessel. »Bin schon unterwegs.«

Im Handschuhfach entdecke ich eine Tüte Schokoherzen, eine große Taschenlampe und ein Schreibheft mit Dads berühmten Konstruktionen. Mein Dad wäre am liebsten Ingenieur geworden, er konstruiert nämlich wahnsinnig gern. Alles Mögliche wie Tische, die man mit einem Handgriff in bequeme Sofas oder Betten umbauen kann, und selbstreinigende Waschbecken und solche Sachen. Aber am allerliebsten Rennwagen, so richtig schnelle Flitzer. Na ja, natürlich nicht in Wirklichkeit, er macht das nur auf dem Papier, aber er überlegt sich ständig irgendwelche Verbesserungen, bis er mal den optimalen Rennwagen hat, und den will er dann auch bauen.

Aber wo soll hier ein Schraubenzieher sein? Erfolglos wühle ich mich erneut durchs Handschuhfach.

»Fehlanzeige! Kein Schraubenzieher!«, brülle ich, schnappe mir die Tüte mit den Schokoherzen und muss lächeln, als ich sehe, was in fetten roten Buchstaben auf der ersten Seite von Dads Heft steht: Weihnachtsgeschenkideen für Linda. Und darunter ein paar Zeichnungen, die nach Schlittschuhen (oder vielleicht auch Rollschuhen?) aussehen. Was vermutlich heißt, dass er gerade wieder irgendwas Geniales für Weihnachten konstruiert. Ich reiße erst mal die Tüte mit den Schokoherzen auf und überlege. Schlittschuhe sind jetzt nicht unbedingt das, was ich mir sehnlichst wünsche, und Rollschuhe ebenfalls nicht. Je länger ich darüber nachdenke, desto klarer wird: Schlittschuhe gehen gar nicht!

Tut mir leid, Dad, denke ich, fische einen Kugelschreiber aus der Ablage und streiche die Zeichnung durch. Eigentlich kann Dad mir dankbar sein, immerhin erspare ich ihm gewaltig viel Arbeit und mein enttäuschtes Gesicht an Heiligabend. Dann, nach kurzem Grübeln, schreibe ich in Schönschrift und mit Großbuchstaben PONY daneben. Ehrlich, ein Pony wäre das tollste Weihnachtsgeschenk, das ich mir vorstellen kann. Vorsichtshalber, damit Dad es auch wirklich kapiert, male ich gleich noch ein Pony dazu. Okay, sieht vielleicht eher aus wie eine Katze, aber daneben steht ja groß und deutlich, was es ist. Und jetzt, wo wir auf einem Schloss wohnen, können Mom und Dad auch nicht mehr behaupten, wir hätten keinen Platz für ein Pony. Außerdem ist das ja auch nicht so richtig groß, sonst wäre es nämlich ein Pferd. Oder soll ich mir besser gleich ein Pferd wünschen? Ein Pony ist vielleicht eher was für Kleinere, und ich bin ja immerhin schon dreizehn.

Draußen höre ich lautes Poltern – könnte die Kommode sein, die unsanft auf dem Asphalt gelandet ist – und genauso lautes Fluchen. Schnell lege ich das Heft zurück und gönne mir noch eine Handvoll Schokoherzen. Eines kullert zu Boden, und ich bücke mich, um es aufzuheben. Dabei fällt mein Blick auf ein Foto, das anscheinend aus dem Heft herausgefallen ist. Neugierig hebe ich es auf. Ein Schwarz-Weiß-Foto, so eines mit gezackten Rändern, genau wie die in Omas Fotoalbum. Mit dem Ärmel wische ich ein paar Fingerabdrücke weg. Komisches Foto …

Ich brauche einen Moment, um zu begreifen, dass es ein hohes Fenster zeigt. Eine Spitzengardine ist zur Seite gerafft, und ein Mädchen mit langen dunklen Haaren scheint mich direkt anzublicken. Ich will das Foto schon wieder weglegen, als plötzlich ein Sonnenstrahl direkt auf das Medaillon fällt, das sie an einer Kette um den Hals trägt. Jetzt staune ich aber doch. Genau kann ich es zwar nicht erkennen, doch es ähnelt dem silbernen Medaillon, das mir ein alter Händler neulich auf dem Flohmarkt geschenkt hat, mit einer eingravierten Rose und einem kunstvoll verschlungenen A. Es ist so wunderschön, dass ich es nicht einmal über Nacht ablegen mag. Neugierig drehe ich jetzt das Foto um. Uroma Adelheid schreibt nämlich auf die Rückseite ihrer Fotos immer, wer darauf zu sehen ist. Auch hier steht etwas, aber so klein, dass es nur mit Mühe zu entziffern ist. Und es handelt sich nicht um Buchstaben, sondern um Zahlen. Um eine Telefonnummer? Und plötzlich überflutet mich ein eiskalter Schauder. Es ist die Telefonnummer, die ich nur zu gut kenne! Die Nummer, die mich seit einiger Zeit Punkt Mitternacht aus dem Schlaf reißt. Reglos sitze ich da, starre auf das Foto in meiner Hand – bis die Beifahrertür aufgerissen wird. Ich fahre zusammen.

»Linda, jetzt bist du gefragt! Mom fährt den Wagen rüber, und wir beide schleppen ein bisschen. Gibt Muckis. Andere bezahlen für so was viel Geld im Fitnessstudio.« Dads Gesicht ist immer noch gerötet, und er grinst breit, als er die Tüte mit den Schokoherzen sieht. »Hier also hat Mom die Süßigkeiten versteckt. Dürfte ich vielleicht auch …« Mitten im Satz bricht er ab und sieht mich prüfend an. »Was ist? Du bist ja kreidebleich. Wirst du krank?«

»Hier, schau mal«, krächze ich und deute auf das Foto.

Kopfschüttelnd betrachtet er es. »Nie gesehen. Du vielleicht?« Er hält es Mom hin, die neugierig näher gekommen ist, aber auch sie schüttelt den Kopf.

»Sieht ein bisschen unheimlich aus«, meint sie. »Wo hast du das her?«

»Lag im Handschuhfach.«

»Na, dann wird es wohl der Vorbesitzer dort vergessen haben.« Lachend stößt sie mich an. »Jetzt mach mal nicht so ein Gesicht, als hättest du Gespenster gesehen. Ist doch alles in bester Ordnung.«

Ich kriege gerade noch ein müdes Grinsen hin. Wie es aussieht, habe ich mich gewaltig getäuscht. Der Horror ist nicht vorbei. Er ist noch immer da.

3. Kapitel

Ein fetter gelber Vollmond hängt am Himmel, als wir kurz vor Mitternacht über eine Zugbrücke in den Schlosshof rumpeln und neben einem kleinen Ziehbrunnen zum Stehen kommen.

»Das ist es also«, sagt Mom und schaltet das Fernlicht ein. Ihre Stimme klingt ungläubig, als hätte sie eine Frage gestellt, als könnte sie es nicht fassen, was da zu sehen ist. Neben mir schluckt Dad trocken (anscheinend hat es ihm die Sprache verschlagen), und auch ich traue meinen Augen nicht.

»Purer Wahnsinn«, murmelt Mom ergriffen, und Dad und ich nicken. »Unser neues Zuhause. Unser Schloss. Unser Märchenschloss.«

Im grellen Licht unserer Scheinwerfer erstreckt sich ein strahlend weißer Bau mit zwei Seitenflügeln. Im Erdgeschoss reiht sich Fenster an Fenster, im oberen Stockwerk kommen gemauerte Vorsprünge und kleine schmiedeeiserne Balkone dazu, und auf dem Dach thronen spitze Türmchen, auf denen kleine Wetterfahnen stecken. Eine Weile lang sitzen wir nur da und starren wie benommen durch die Windschutzscheibe. Selbst Mirabell verhält sich völlig ruhig; sie hat sogar die blöde Pupserei eingestellt.

»Ja, dann wollen wir mal«, sagt Dad schließlich und öffnet langsam die Beifahrertür. Er spricht leise, als habe er Angst, einen Traum zu zerstören. Nichts ist zu hören außer dem Knirschen unserer Schritte auf dem Kies, als wir uns an den Händen halten und auf den Eingang zuschreiten. Der ist von hohen Säulen begrenzt, und ehrlich, ich fühle mich, als wären wir die Stars. Echt, roter Teppich in Hollywood ist nichts dagegen. Unauffällig klopfe ich gegen eine der Säulen, ob sie nicht doch aus Styropor ist oder so. Aua!, ist sie natürlich nicht.

»Alles echt!« Dad hat anscheinend seine Sprache wiedergefunden. Er grinst mich an, klopft drei Mal gegen die Säule und klatscht dann unternehmungslustig in die Hände. »Wollen wir mal schauen, wie es in der Bude drinnen aussieht? War vielleicht doch nicht so verkehrt, den Kasten zu ersteigern, oder?«, fragt er vergnügt und küsst Mom. »Königin, würdest du jetzt bitte den Schlüssel zu unserem Schloss rausrücken?«

»Ich …? Wieso ich? Du hast doch den Schlüssel.«

»Quatsch! Wie kommst du denn darauf?«

Mir ist klar, dass ich diese Diskussion sofort beenden muss.

Erstens würde sie wieder mal zu nichts führen, zweitens bin ich hundemüde und drittens kurz davor zu erfrieren, denn über den Schlosshof fegt ein eisiger Wind.

»Schätzchen«, sagt Mom kopfschüttelnd, als ich versuche, den schweren Türklopfer anzuheben. »Willst du das Schlossgespenst erschrecken? Dadrin ist niemand. Keine Menschenseele. Du weißt doch, dass wir die erste Zeit allein hier wohnen, bis der Hotelbetrieb anläuft.«

»Ach ja, stimmt«, sage ich, obwohl ich mich gerade nicht daran erinnern kann. »Aber wie kommen wir jetzt rein?«

»Frag deinen Vater. Er ist schließlich derjenige, der ständig irgendwas verschlampt.«

»Ach, jetzt soll ich es mal wieder gewesen sein! Linda, sag deiner Mutter ...«

Ich wende mich ab. Sollen die beiden von mir aus streiten, ich habe Besseres zu tun. Denn irgendwie muss es doch eine Möglichkeit geben, ins Schloss zu kommen. Langsam lasse ich meinen Blick über die Fassade mit ihren gemauerten Vorsprüngen gleiten, auf der Suche nach einem geöffneten Fenster. Und stelle fest: keine so gute Idee. Ich brauche nämlich keinen neuen Albtraum. Doch dazu ist es jetzt zu spät. Denn schon hat sich die steinerne Teufelsgestalt, die breitbeinig auf dem Vorsprung lauert und höhnisch grinsend herunterglotzt, bei mir im Kopf eingebrannt, mit ihrem weit aufgerissenen Rachen und den gespreizten Fledermausflügeln, als wolle sie sich jeden Moment auf mich stürzen. Ein paar Meter daneben befindet sich ein riesiger Hundekopf mit Hörnern und heraushängender Zunge und riesigen Klauen. Boah, Wasserspeier, die gruseligste Geisterbahn ist nichts dagegen.

»Mensch, Linda, du wirst doch vor diesen Gestalten keine Angst haben?« Dad zwinkert mir zu. »Wir könnten ihnen Namen geben. Der Dicke da drüben«, er deutet auf einen Ziegenkopf mit aufgeblasenen Backen und hervorstehenden Augen, »erinnert mich irgendwie an deine Erdkundelehrerin. Wie hieß die noch mal?«

Ich verziehe bloß das Gesicht. Nein, selbst mit Namen sind das widerliche Gestalten.

»Ihr habt leider keine Ahnung. Es handelt sich um künstlerisch sehr ansprechende Wasserspeier«, meint Mom. Sie ist einen Schritt zurückgetreten und betrachtet die steinernen Fratzen andächtig. »Wir könnten Postkarten mit den Wasserspeiern drucken lassen und an der Rezeption verkaufen. Vorausgesetzt, wir schaffen es, dieses Schloss zu betreten. Also, wo ist der Schlüssel?«

Und schon geht die blöde Schlüsseldiskussion weiter. Während Dad vergeblich seine Hosentaschen umstülpt, mache ich mich erneut auf die Suche nach einem offenen Fenster – und versuche dieses Mal, die Wasserspeier zu ignorieren. Stattdessen konzentriere ich mich auf die Fenster im Erdgeschoss. Wenigstens eines könnte doch offen stehen.

Fehlanzeige, wie ich schnell feststelle. Den Blick noch immer auf die Fenster gerichtet, laufe ich hinüber zum rechten Flügel, wo es erst mal nicht weitergeht. Eine hohe Mauer aus verwitterten roten Ziegelsteinen versperrt mir den Weg – in der Mitte ein schmiedeeisernes Tor, natürlich verriegelt. Durch die Gitterstäbe blicke ich auf einen kleinen Park. Ich rüttle ein paarmal, na ja, völlig umsonst natürlich. Das Tor ist zu. Also renne ich zurück. Okay, bis jetzt war ich nicht so wahnsinnig erfolgreich, aber bestimmt haben sich meine Eltern inzwischen beruhigt, vielleicht sogar den Schlüssel wiedergefunden. Bloß, wo stecken die beiden überhaupt?

»Mom …?«, rufe ich, während ich hinter jede einzelne Säule spähe. Ich habe so ein blödes Gefühl im Magen, und das liegt daran, dass mir der verdammte Wasserspeier-Teufel wieder eingefallen ist. Wenn ich mich nicht täusche, befindet er sich in ein paar Metern Höhe direkt über mir und glotzt mich an.

»Dad …?«, rufe ich. Keine Antwort. »Mom! Dad! Findet ihr das witzig?«

Suchend drehe ich mich mehrmals um die eigene Achse. Aber hier ist niemand, da kann ich noch so lange laut rufen. Vielleicht hinter dem hölzernen Ziehbrunnen? Zuzutrauen wäre es ihnen; sie finden solche Spiele nämlich ungeheuer lustig. Früher haben sie bei meinen Geburtstagen immer beim Sackhüpfen und solchen Sachen mitgemacht. Voll peinlich, vor allem, wenn Dad dann auch noch geschummelt hat.

»Ich hab euch gesehen!«, rufe ich in Richtung Brunnen. »Ihr könnt wieder vorkommen!«

Keine Antwort. Hahaha, sehr witzig. Wenn mir nicht so kalt wäre, würde ich mich kaputtlachen.

»He, das Spiel ist aus!«, rufe ich ärgerlich und reibe meine klammen Finger aneinander.

Weil sich elternmäßig immer noch nichts tut, gehe ich schließlich schulterzuckend zum Brunnen. Okay, wenn den beiden das Spaß macht … Jeden Moment warte ich darauf, dass sie lachend und mit lautem »Huhuu! Jetzt haben wir dich aber erschreckt!« hervorstürzen, doch es bleibt still. Unheimlich still. So langsam finde ich es nur noch nervig. Meine Eltern sind schließlich fast vierzig und keine Kinder mehr. Doch plötzlich muss ich grinsen. Natürlich, warum bin ich nicht sofort darauf gekommen? Jede Wette, der Brunnen ist bloß eine Attrappe, und die beiden sind hineingeklettert und finden es total witzig, mich so hereinzulegen. Boah, wie kindisch können Eltern eigentlich sein? Na wartet, euch werde ich erschrecken, nehme ich mir vor. Ich hole tief Luft und brülle, weit über den Brunnenrand gebeugt: »Huhuhuhuhu!«

»Huhuhu …« Dumpf hallt es wider, und ich mache einen Satz

rückwärts. Hat sich da nicht etwas am Schachtboden bewegt? Und was riecht da so komisch?

Mein Herz schlägt bis zum Hals, als ich mich erneut hinunterbeuge. Aber da ist nur Schwärze. Undurchdringliche Schwärze. Und Modergeruch …

Ein lautes Geräusch lässt mich herumwirbeln. Ich starre zum Schloss hinüber, wo gerade ein Sturzregen niederprasselt. Aber das Wasser kommt nicht aus den Wolken. Es strömt aus den Mäulern der Wasserspeier heraus, gerade so, als würden sie ihre Wut mit voller Wucht herausspucken. Dann versiegt der Schwall plötzlich. Und wieder ist es still. Unheimlich still.

4. Kapitel

»Mom? Dad? Könnt ihr endlich aufhören damit? Wo seid ihr?«, rufe ich, als ich mich wieder etwas beruhigt habe.

Bestimmt ist alles völlig harmlos (Wasserspeier spucken nun mal eben Wasser, und aus alten Brunnen riecht es modrig), und ich habe mir gerade völlig umsonst fast in die Hosen gemacht. Doch meine Stimme klingt zittrig, und dieses Mal hört sich das Echo aus dem Schacht noch schauriger an. Als ich mir dann auch noch einbilde, dass ein weiteres Echo von den Wasserspeiern zurückhallt, bin ich plötzlich nicht mehr überzeugt, dass alles wirklich so harmlos ist. Im Gegenteil! Verdammt noch mal, wo sind bloß Mom und Dad?

Ich will gerade meinen ganzen Mut zusammennehmen, erneut in den Schacht hinunterzuspähen, als ich spüre, dass sich etwas verändert hat. Die Nacht scheint heller geworden zu sein. Und als ich mich umdrehe, bleibt mir erst mal der Mund offen stehen. Alle Fenster im oberen Stockwerk sind hell erleuchtet; es ist, als hätte jemand sämtliche Lampen angeknipst. Dann endlich kapiere ich: Na klar, das kann nur Dad gewesen sein.

Ich sprinte zum Eingang hinüber, wo der eine Türflügel jetzt einen Spaltbreit offen steht. Mit aller Kraft schiebe ich ihn ein Stück weiter auf und schlüpfe hinein.

»Mom? Dad?«, rufe ich. »Seid ihr oben?«

Niemand antwortet. Im Halbdunkel gehe ich eine geschwungene Marmortreppe hoch, immer dem Lichtschein nach, bis zu der Tür am Ende des langen Flurs. Ich stoße sie vorsichtig auf und stehe in einem großen, dunkel getäfelten Saal, in dem nichts weiter zu sehen ist als bodenlange rote Samtvorhänge und Lehnstühle mit zerschlissenen roten Polstern. Und Kerzen an den Fenstern, jede Menge flackernder Kerzen. Immer heftiger flackern sie, bis sie schlagartig erlöschen. Klar, dass ich in der undurchdringlichen Dunkelheit Panik kriege. Ich will nur raus hier, nur weg, aber da ist überhaupt keine Tür mehr. Nirgendwo, egal, wie hektisch ich mich die Wände entlangtaste. Ein Stuhl stürzt um, ich stolpere, rapple mich wieder hoch. Und dann …

»Rrrr! Rrrr! Rrrr! Rrrr!«

Genau in diesem Augenblick fällt plötzlich silbernes Mondlicht durch die Fenster und führt mich zu dem altmodischen schwarzen Telefon, das auf einem der Stühle steht.

»Rrrr! Rrrr! Rrrr! Rrrr!« Wie ferngesteuert nehme ich den Hörer ab.

»Na endlich«, höre ich eine knarzende Stimme. »War schon in Sorge, du könntest aufgehalten worden sein.«

»Wer …?« Ich bringe nicht mehr als ein heiseres Flüstern heraus. »Wer …?«

»Nun, Linda, das wäre außerordentlich kompliziert zu erklären am Telefon. Von Bedeutung ist lediglich, dass du endlich da bist. Es ist allerhöchste Zeit in diesem speziellen Fall, der höchster Geheimhaltung unterliegt. Höchster Geheimhaltung, hast du verstanden? Denke immer daran, dass du niemandem trauen kannst. Kein Mensch darf auch nur ein einziges Wort erfahren von dem, was ich dir sage.«

»Ja… aber … Wer sind Sie?«

»Das wirst du früh genug erfahren. Es geht hier um alles oder nichts. Ich versuche mein Möglichstes, aber meine Mittel sind begrenzt. Alle haben bisher versagt. Du bist meine letzte Hoffnung, denn die Zeit wird knapp. Du musst es schaffen. Du musst so schnell wie möglich …«

»Was muss ich?«, rufe ich aufgeregt. »Was …?«

Aufgelegt! Gleichzeitig flammen die Kerzen wie auf einen unhörbaren Befehl wieder auf. Doch mir reicht's! Nichts wie weg hier! Ich flitze durch die Tür, den Flur entlang und die Treppe hinunter und raus aus dem Schloss. Krachend fällt die Tür hinter mir zu. Im selben Augenblick höre ich Moms Stimme wie von weit her:

»Schätzchen, tut mir leid, dass es so lange gedauert hat. Aber wir haben ihn gefunden! Deinem Vater ist eben erst eingefallen, wo er ihn versteckt hatte.«

Den Schlüssel wie eine Trophäe schwenkend, kommt sie auf mich zu. Dad grinst verlegen. Mom kramt in ihrer geflochtenen Umhängetasche und holt eine kleine Sektflasche heraus. »Na ja, Schwamm drüber. Ab heute beginnt unser neues Leben. Das muss gefeiert werden. Ein bisschen ist es wie Silvester, findet ihr nicht auch? Ich wünsche uns Erfolg, und dass wir glücklich werden mit dem, was wir hier auf die Beine stellen, und wir dürfen niemals vergessen, dass in unserer Familie …«

»Äh, hat das nicht vielleicht noch bis morgen Zeit?«, unterbreche ich sie. Ich kenne die Rede nämlich: So ähnlich hat Mom sie bei Uroma Adelheids fünfundneunzigstem Geburtstag gehalten, und da dauerte es eine volle Viertelstunde, bis sie endlich fertig war.

Dad schüttelt empört den Kopf. »Hör mal, Linda, wenn deine Mutter es mal ein bisschen feierlich macht, kannst du dich gefälligst zusammenreißen.«

»'tschuldigung«, murmle ich. »Mir ist bloß saukalt. Außerdem bin ich so was von k. o.«

Er legt den Arm um mich und lächelt. »Wir sind alle übermüdet. Lasst uns besser morgen feiern. Ich glaube, ich will jetzt auch nur noch ins Bett.«

Mom nickt. Sie hat die Sektflasche wieder weggepackt und schließt auf. Genauer gesagt, sie versucht es.

Wie gebannt beobachte ich sie. Ehrlich, ich verstehe überhaupt nichts mehr. Warum ist die Tür nun wieder verschlossen? Und warum liegt das Schloss so dunkel und verlassen wie bei unserer Ankunft da, als hätte ich mir meinen kurzen Abstecher ins obere Stockwerk nur eingebildet? Und was sollte das überhaupt mit diesem mysteriösen Anrufer …?

Dann, beim dritten Anlauf, klappt es endlich mit dem Aufschließen, und Mom zieht die Tür auf. »Willkommen in unserem neuen Zuhause«, sagt sie. »Wenn wir jetzt noch den Lichtschalter finden, können wir mit dem Tag eigentlich zufrieden sein.«

Dad zwinkert mir zu. »Zugegeben, es klingt anspruchsvoll, aber darüber hinaus wären Bett und Dusche auch nicht schlecht.«

Es klackt, als er den altmodischen Lichtschalter neben der Tür dreht, zwei, drei Mal, aber nichts tut sich. »Im Internet stand aber, dass es hier Strom gibt«, meint er. »Zum Glück habe ich unsere megasuperhelle Taschenlampe eingesteckt.«

Schlagartig wird es sehr, sehr hell. Einen Moment lang ist es totenstill, dann schreit Mom auf.

»Sag, dass das nicht wahr ist!« Mit weit aufgerissenen Augen starrt sie in die Eingangshalle. Eine Hand vor den Mund gepresst, greift sie mit der anderen Hilfe suchend nach Dads Arm.

»Ach du lieber Himmel«, murmelt Dad und wird blass.

Ich übrigens auch. Denn ehrlich, das ist jetzt echt krass, was im megasuperhellen Licht von Dads Taschenlampe zu sehen ist: Berge von zerbrochenen Ziegeln, morschen Holzbalken und kaputten Möbeln, fingerdick mit Staub bedeckt. Dazwischen eklige dicke Spinnweben. Auch das schwarze Telefon, das auf einem Lehnstuhl mit zerschlissenem roten Polster steht, ist von Spinnweben völlig eingesponnen. Lediglich der Hörer, der herunterbaumelt und sacht hin und her schwingt, verrät, dass hier vor Kurzem erst telefoniert wurde. Mir läuft es kalt den Rücken runter – und das liegt eindeutig nicht an der Kälte.

5. Kapitel

»Ich versteh das nicht …« Mom hat die Sektflasche wieder hervorgekramt und nimmt einen großen Schluck. »Von außen sieht das Schloss doch wie neu aus … Was glaubt ihr, wie lange brauchen wir, bis wir das hier aufgeräumt und renoviert haben? Wir wollen schließlich pünktlich eröffnen.«

Ich starre immer noch auf das Durcheinander. Ehrlich, ich kapiere überhaupt nichts mehr. Nur eins ist klar: Hier stimmt irgendetwas ganz und gar nicht.

Dad kratzt sich am Hinterkopf. Man sieht ihm an, dass er in Gedanken schon wieder konstruiert, in diesem Fall vermutlich die Eingangshalle. »Schätze, wir kriegen das hin«, meint er mit gerunzelter Stirn. »Für unseren Flur haben wir damals eine knappe Woche gebraucht. Dann würde ich mal sagen … einen Monat vielleicht? Oder eher zwei? Den Sperrmüll lassen wir abholen, oder wir veranstalten einen Flohmarkt und dann …«

Er redet und redet, auch noch, als wir längst im Bett liegen. Wobei Bett nicht ganz die richtige Bezeichnung ist: Wir übernachten in unserem Transporter, weil Mom absolut keine Lust mehr hatte, nach einigermaßen bewohnbaren Schlafzimmern zu suchen. »Morgen schauen wir uns genauer um«, hatte sie gemeint, »bei Tageslicht sieht alles viel erfreulicher aus.«

Da habe ich meine Zweifel, aber ich halte den Mund. Ich bin nämlich immer noch damit beschäftigt, das alles irgendwie zu verdauen. »Gute Nacht«, murmle ich daher nur und drehe mich auf die Seite. Mit Mom teile ich mir unser Wohnzimmersofa, das sich zum Glück ausklappen lässt. Dad hat sich auf einer Matratze auf dem Esszimmertisch ausgestreckt und überlegt halblaut, ob man die Rezeption besser hellrosa oder lieber grün streichen sollte, und bei Grün denke er an ein zartes Wiesengrün, das würde den Gästen schon bei der Anmeldung gute Laune machen und ihm selbst natürlich auch …

Ich verdrehe die Augen. Irre, worüber Dad sich jetzt Gedanken macht. Im Halbschlaf kriege ich mit, dass sich Mirabell irgendwann an mich kuschelt, dann bin ich auch schon wieder eingeschlafen.

Ich weiß nicht, wie lange ich schon wach bin. Mirabell liegt an meinen Füßen (sie ist die beste Wärmflasche, die man sich vorstellen kann), Dad schnarcht leise vor sich hin, und Mom hat im Schlaf gerade gekichert. Tatsache ist jedenfalls, dass ich nicht mehr schlafen kann. Irgendetwas geistert durch meinen Kopf, ich weiß genau, dass es wichtig ist, aber wenn ich es fassen will, ist es auch schon wieder weg. Paolo fällt mir ein und sein Geburtstag nächste Woche, und ich überlege gerade, ob ich ihm über WhatsApp gratulieren sollte (ja klar, sollte ich!), als ich es höre: ein leises Knirschen im Kies, als würde jemand draußen herumschleichen. Sofort beginnt mein Herz wie wild zu klopfen. Wer könnte jetzt da draußen unterwegs sein? Von der Stadt herauf sind es mindestens drei Kilometer, und zwar richtig steil bergauf; ich glaube nicht, dass sich ein Jogger das im Morgengrauen schon antut. Außer einem echt Verrückten natürlich, aber diese Psychos gibt es ja bloß im Film.

Ich habe den Gedanken noch nicht ganz zu Ende gedacht, als die Schritte so deutlich zu hören sind, dass es keinen Zweifel mehr gibt: Draußen ist jemand. Sekunden später wühle ich mich aus meinen Decken, klettere vorsichtig über Umzugskisten und Regale und meinen schnarchenden Dad und öffne behutsam die hintere Ladetür. Aber Mom hat mich doch gehört.

»Was'n los?«, höre ich sie schlaftrunken fragen. »Linda …? Alles okay?«

»Muss nur mal pinkeln«, flüstere ich.

Im Schneckentempo, um ja kein Geräusch zu machen, klettere ich von der Ladefläche und schließe die Tür hinter mir. Aber die ganze Aktion hätte ich mir sparen können. Fröstelnd reibe ich meine Oberarme und starre in den weißen Nebel, der so dicht ist, dass ich kaum zwei Meter weit sehen kann, geschweige denn bis zum Schloss. Wie soll man da jemanden entdecken? Habe ich doch nur geträumt?

Ja, beschließe ich gähnend, ich muss geträumt haben, und am besten lege ich mich ganz schnell wieder hin und penne weiter. Doch dann höre ich schon wieder etwas, ein Geräusch, das ich nicht einordnen kann. Auf Zehenspitzen schleiche ich einmal um den Wagen herum … Nichts. Niemand. Dann – ich muss grinsen – wäre ich fast über Mirabell gestolpert, die in Lauerstellung direkt vor der Tür kauert. Anscheinend ist sie unbemerkt mit mir zusammen aus dem Transporter geschlüpft.

»Was suchst denn du hier?«, frage ich und kraule sie am Hals. Sie maunzt mich an.

Ich will zurück in den Transporter klettern, als ich ein lautes Fauchen höre. Mirabell, plötzlich mit gewaltigem Katzenbuckel, faucht wie wild in den Nebel. Und dann sind da auch wieder Schritte zu hören, Schritte, die sich eilig entfernen, und zwar Richtung Park. Schätze ich mal. Denn viel sehen kann ich im Nebel natürlich nicht. Weil Mirabell von einer Sekunde auf die andere plötzlich lossspurtet, ist die Entscheidung einfach.

Ich renne hinterher.

6. Kapitel

Wer schon mal durch ein Meer aus Watte gelaufen ist, kann sich ungefähr vorstellen, wie ich mich fühle in diesem dicken weißen Nebel. Wenigstens auf mein Gehör ist Verlass, und das sagt mir, dass da immer noch jemand ist außer mir. Die Schritte sind inzwischen viel langsamer geworden, fast so, als würde derjenige auf mich warten. Ob das wirklich eine gute Idee ist, hier durch den Nebel zu irren – vor allem nach dem, was ich am gestrigen Abend erlebt habe?

Unentschlossen bleibe ich stehen. Von Mirabell keine Spur, und Schritte sind jetzt auch keine mehr zu hören. Genau genommen ist es totenstill. Nur diese dichte weiße Wand um mich herum. Sonst nichts. Bis auf ein leises Quietschen, so leise, dass ich zuerst glaube, es mir einzubilden. Doch dann ertönt es wieder …

»Mirabell? Bist du da?«, flüstere ich, aber der Nebel verschluckt meine Worte und legt sich wie ein nasses, kaltes Tuch über mich. Ich will jetzt bloß noch weg von hier. Blöd nur, dass ich nicht die geringste Ahnung habe, in welche Richtung ich überhaupt laufen soll.

Plötzlich kommt Wind auf, und wieder quietscht es, und mir kommt ein Verdacht: Kann es sein, dass es sich dabei um das Tor zum Park handelt, das im Wind hin- und herschwingt und dieses Quietschen erzeugt?

Als ich nach wenigen Schritten tatsächlich das schmiedeeiserne Tor ertaste, stoße ich es auf. Ich stolpere vorwärts, wie von einer unsichtbaren Kraft gezogen, einen gewundenen Kiesweg entlang. Obwohl ich, wenn ich genauer darüber nachdenke, doch lieber umkehren würde. Denn wie kann es sein, dass ein schweres Eisentor im Wind hin- und herschwingt? Und war das Tor nicht gestern Abend verschlossen? Wie kann es da heute wie von Geisterhand offen stehen?

Mir wird immer mulmiger – und noch mehr, als mir klar wird, dass ich wie eine Marionette an unsichtbaren Fäden immer weiter gezogen werde. Ein paarmal wehre ich mich dagegen – vergeblich. Wenigstens lichtet sich der Nebel endlich. Aber was ich jetzt sehe, lässt mich auch nicht Hurra schreien: Um mich herum stehen hohe Hecken. Der Sog, der mich die ganze Zeit über vorwärtsgezogen hat, lässt nach, bis er schließlich nicht mehr zu spüren ist.

Ehrlich, ich will jetzt bloß noch zurück zu unserem Transporter. Dazu muss ich allerdings erst einmal den Weg raus aus diesem Scheißlabyrinth finden.

Mom hat mir mal erzählt, dass ich mich als Kleinkind in einem Getreidelabyrinth verlaufen habe und dass über hundert Leute mich gesucht hätten. Am nächsten Tag kam ein großer Bericht darüber in der Zeitung mit Fotos und Interviews und solchen Sachen, und ich sei tagelang Gesprächsthema Nummer eins gewesen. Trotzdem sind Labyrinthe absolut nicht mein Ding, und um ein Labyrinth handelt es sich hier eindeutig, mit sich kreuzenden schmalen Wegen und undurchdringlichen Hecken.

»Hallo?«, rufe ich immer wieder, während ich herumirre. »Hallo?« Aber ich habe wenig Hoffnung, dass Mom oder Dad mich hören. Mein Herz klopft bis zum Hals, und das kommt jetzt nicht vom Laufen. Ich bin nämlich nur noch im Schneckentempo unterwegs. Und meine Panik wird immer größer. »Hallo!«, schreie ich. »Mom! Dad! Könnt ihr mich hören?«

»Linda?«, knarzt Sekunden später eine Stimme. Es ist die Stimme des mysteriösen Anrufers! Erschrocken bleibe ich stehen.

»Linda? Könntest du freundlicherweise ein wenig leiser sein? Ich habe nicht die Absicht, ungebetene Gäste hier begrüßen zu müssen. Wenn du jetzt bitte zehn Meter geradeaus gehen würdest, dann zwei Mal rechts halten.«

Ich atme schon mal wieder ein bisschen auf. Hauptsache, ich

bin nicht mehr ganz allein in diesem Labyrinth. Obwohl ich zugegeben auch etwas Schiss habe vor demjenigen, der sich hinter dieser komischen Stimme verbirgt. Ich renne also zehn Meter geradeaus, biege zwei Mal rechts ab und stehe dann unvermittelt auf einem kleinen runden Platz, einem Rondell, mit einem Brunnen mittendrin.

»Na endlich«, tönt es aus der Richtung der steinernen Brunnenfigur, die seltsam schräg auf dem Sockel thront. »Hatte schon befürchtet, dass es erneut Probleme gibt. Dabei drängt die Zeit, und wie.«

»Ähm …« Ich will etwas sagen. Doch mir bleibt das Wort im Hals stecken. Ungläubig starre ich die Figur aus grauem Stein an: dickbäuchig, sehr rundes Gesicht, hervorquellende Augäpfel, die Nasenspitze abgeschlagen. Aber das ist es nicht, was mich schockiert. Es ist der Mund, der sich bewegt hat und jetzt zu einem breiten Lachen verzieht.

»Linda, ich sehe, du erwartest eine Erklärung. Nun, machen wir es kurz. Es ist das Medaillon! Seitdem es in deinem Besitz ist, siehst und hörst du Dinge, die anderen Menschen verborgen bleiben. Ihre Stunden sind nicht mehr deine Stunden. Du bewegst dich in Welten, von denen die meisten Menschen nichts ahnen.« Er macht eine kurze Pause, bevor er mit ernster Stimme fortfährt: »Nein, das ist kein Spiel. Ich weiß, du wirst dich fürchten und dir manchmal wünschen, das Medaillon niemals angenommen zu haben. Doch dazu ist es jetzt zu spät. Gleichgültig, ob du das Medaillon trägst oder nicht: Du kannst nicht mehr zurück. Denn nur durch deine Hilfe kann es gelingen, die Katastrophe abzuwenden, eine Katastrophe solchen Ausmaßes, dass sie das Schloss zerstören würde und schließlich die ganze Welt. Als endlich klar war, dass das Medaillon eine neue Besitzerin gefunden hat, musste ich nur noch ein wenig nachhelfen, damit dein Vater das Schloss ersteigern konnte. Jetzt aber bist du endlich hier und …«

»Wer sind Sie?«, unterbreche ich ihn.

Mit der rechten Hand macht er eine Bewegung, als würde er salutieren. »Amatus, ehemals dritter Wasserspeier von links oben, inzwischen aber durch ein hinterhältiges Komplott gezwungen, als lächerliche Brunnenfigur hier auf diesem abseits gelegenen Brunnen ein trauriges Dasein zu fristen. Es ist dir übrigens erlaubt, mich zu duzen. Wir sind Verbündete im Kampf gegen das Böse. Pass genau auf, was ich dir sage: Du musst den ursprünglichen Zustand wiederherstellen. Amelie muss so schnell wie möglich zurück …«

»Wer ist …« Ich habe den Satz noch nicht beendet, da höre ich Mom und Dad meinen Namen rufen, und die beiden stürzen auf mich zu. Sekunden später schließen sie mich auch schon in die Arme.

»Mannomann«, sagt Dad und wischt sich irgendetwas aus

dem Auge. »Den halben Tag lang haben wir dich gesucht. Das war ja beinahe so wie damals im Getreidefeld. Noch mal machst du so was aber nicht, verstanden?«

Ich nicke, obwohl ich rein gar nichts verstehe. Halber Tag …? Als ich auf seine Armbanduhr schiele, sehe ich, dass es tatsächlich bereits kurz vor halb eins ist. Was hat Amatus gesagt? *Ihre Stunden sind nicht mehr deine Stunden? Seitdem das Medaillon in deinem Besitz ist, siehst und hörst du Dinge, die anderen Menschen verborgen bleiben …?* Puh, das muss ich erst mal verdauen.

Verwirrt nicke ich ein weiteres Mal, als Mom sich umschaut und meint: »Das ist ja ein echtes Idyll. Ich sehe uns schon im Sommer hier Kaffee und Kuchen für unsere Gäste servieren. Die lächerliche Brunnenfigur muss allerdings weg. Da finden wir bestimmt was Hübscheres im Baumarkt.«

Vom Brunnen her ist ein Murren zu hören, aber das wird übertönt von einem Flugzeug, das gerade über uns hinwegdonnert. Mom und Dad nehmen mich bei der Hand, wir lachen, als wir zum Ausgang laufen, und Mom sagt immer wieder, was für eine tolle Idee das sei mit dem Schloss, und den Park finde sie geradezu paradiesisch. Von einem Labyrinth ist nichts mehr zu sehen, aber inzwischen wundert mich überhaupt nichts mehr. Immerhin, als wir den Park verlassen, fällt die schmiedeeiserne Tür wieder mit einem nervigen Quietschen hinter uns zu.

Wenigstens etwas, worauf man sich verlassen kann.

7. Kapitel

Am liebsten würde ich das gerade Erlebte komplett vergessen, mich auf das Sofa im Transporter kuscheln, Paolo eine WhatsApp schreiben und auf Antwort hoffen. Aber der Akku ist leer, und außerdem haben meine Eltern andere Pläne, und so latsche ich kurze Zeit später hinter ihnen her in die Eingangshalle, wo es schon nicht mehr ganz so schlimm aussieht wie am Abend zuvor.

Bevor den beiden nämlich aufgefallen war, dass ich verschwunden bin, hatten sie mit dem Entrümpeln begonnen und dabei einige erfreuliche Entdeckungen gemacht, wie Dad mir voller Begeisterung erzählt.

»Dieser Stuhl zum Beispiel«, dabei deutet er auf einen Stuhl mit zerschlissenem roten Polster, »ist original 17. Jahrhundert und garantiert aus Frankreich. Wenn wir den ein bisschen aufarbeiten …«

»18. Jahrhundert!«, unterbricht ihn Mom. »Mein Lieber, du

weißt doch, mit diesen Dingen kenne ich mich besser aus als du.«

Bevor die beiden sich mal wieder in die Haare kriegen, rufe ich schnell: »Übrigens stehen oben noch mehr von diesen Stühlen!«

Dieser Satz schlägt ein wie eine Bombe.

»Was hast du gesagt …? Oben?«

Die Frage kommt von Mom und Dad gleichzeitig, und es sieht ganz danach aus, als hätten sie ihren Streit mit einem Schlag vergessen. Und weil die beiden mich so komisch anstarren, nicke ich fröhlich. »Ich schätze bestimmt zehn oder mehr. Hab ich gestern Abend entdeckt.«

Mom scheint aus ihrer Erstarrung zu erwachen. Mit einem Schrei reißt sie mich in ihre Arme und drückt mich an sich. Ich habe den Eindruck, sie will mich überhaupt nicht mehr loslassen. Als ich mich endlich befreien kann, geht es mit Dad weiter. An seiner Schulter vorbei sehe ich, dass Mom Tränen in den Augen hat. Ich fass es nicht! Und das alles wegen ein paar alter Stühle. Eltern können manchmal schon komisch sein. Weil ich es aber super finde, dass die beiden wieder ein Herz und eine Seele sind (sie schniefen exakt gleichzeitig), schlage ich vor, dass wir uns die Stühle mal genauer anschauen könnten. Und schon hat Mom mich erneut im Klammergriff.

»Linda-Schätzchen«, schluchzt sie, »die Treppe zum Obergeschoss ist schwer einsturzgefährdet. Da besteht Lebensgefahr. Das stand im Internet, und das haben wir dir auch gesagt. Du könntest …« Sie schluckt.

»… tot sein«, murmelt Dad und wischt sich zum zweiten Mal an diesem Tag über die Augen. »Wegen dieser Treppe können wir im Moment doch nur das Erdgeschoss in Ordnung bringen.« Er hält mir die Hand hin und sieht mich so ernst an, dass mir einen Moment lang richtig flau wird. »Versprich mir, dass du die Treppe nicht mehr betreten wirst, bevor wir es dir erlauben.«

»Schwören!«, sagt Mom mit Nachdruck und fügt hinzu: »Beim Leben deiner Katze.«

»Ich schwöre. Beim Leben von Mirabell«, sage ich, weil Mom sich vorher bestimmt nicht zufriedengibt. Außerdem habe ich genau genommen auch null Bock darauf, nach oben zu gehen. Ich möchte diesen ganzen Spuk nämlich so schnell wie möglich vergessen. Außerdem ist im Erdgeschoss, das aus einer riesigen Eingangshalle und siebzehn weiteren Zimmern besteht, mehr als genug zu tun. Alles muss möglichst schnell entrümpelt werden. Denn der Eröffnungstermin des Hotels steht bereits fest – dummerweise einen Monat früher als geplant. Dad ist, als er die Prospekte drucken ließ, wohl ein Zahlendreher unterlaufen, jedenfalls stimmt das Datum nicht. Aber weil es viel zu teuer wäre, neue Prospekte drucken zu lassen, und ein Großteil ohnehin schon verteilt ist, müssen wir ranklotzen, wie Dad es nennt.

»Nach der Schule kannst du uns ja immer helfen«, sagt er zu mir, als wir am späten Nachmittag zu dritt einen mottenzerfressenen Teppich nach draußen schleppen.

Mom dreht sich zu mir um. »Hausaufgaben gehen aber vor, Linda-Schätzchen, hast du verstanden? Ich hoffe bloß, die Schulanmeldung übers Internet hat geklappt. Eine Bestätigung ist nämlich noch nicht gekommen.«

Während Mom und Dad noch darüber diskutieren, blitzt bei mir ein genialer Gedanke auf. Nicht, dass ich Schule blöd finde; an manchen Tagen gehe ich sogar total gern hin. Freundinnen treffen, ein bisschen ablästern (vor allem über komplett verpeilte Lehrer), man erfährt einiges, was man später im Leben vielleicht doch mal braucht … Und den ganzen Tag bloß zu Hause rumzuhängen, wäre ja auch total langweilig und macht garantiert einsam. An manchen Tagen jedoch könnte ich problemlos auf Schule verzichten. Und gerade habe ich das starke Gefühl, dass genau jetzt solche Tage sind.

»Ähm …«, sage ich, während wir auf Dads Kommando warten, um uns den nächsten Teppich auf die Schultern zu hieven. »Und wenn wir mit der Schule noch ein bisschen warten? Dann könnte ich euch den ganzen Tag helfen. Wir wollen ja pünktlich zur Eröffnung fertig werden.«

»Ich weiß nicht …«, meint Dad und schielt zu Mom hinüber.

Sie schiebt ihre Sonnenbrille zurecht. Die trägt sie, weil ihr der Staub in den Augen brennt. »Keine Diskussion über dieses Thema. Es gibt eine Schulpflicht, und damit basta. Zum Schluss kriegen wir womöglich noch Ärger mit den Behörden.«

Sie klingt dabei so entschlossen, dass mir nichts anderes übrig bleibt, als zu nicken.

Und dann fügt sie noch hinzu: »Ab morgen ist für dich wieder Schule, klar? Ich hoffe, du freust dich drauf.«

Ich nicke bloß.

Zum Glück habe ich noch einen Joker im Ärmel.

8. Kapitel

Weil Mom und Dad finden, dass wir für diesen Tag genug gearbeitet haben (sechs der Räume im Erdgeschoss haben wir bereits leer geräumt), fahren wir gegen Abend in die Stadt zum Pizzaessen. Allerdings kurven wir nun schon seit Ewigkeiten durch ein Gewirr aus irrsinnig schmalen Straßen.

»Sind wir endlich da?«, stöhne ich. »Mir wird gleich schlecht.«

Was Mom aber kaltlässt. Sie hat ein anderes Problem. Denn weit und breit gibt es keinen Parkplatz, der für unseren Transporter groß genug wäre, und schon drehen wir die nächste Runde … Doch plötzlich stößt sie einen triumphierenden Schrei aus und fährt, begleitet vom wütenden Hupen eines Autofahrers, einfach quer über die Straße.

Dad, der die ganze Zeit über interessiert aus dem Seitenfenster geschaut hat, als gäbe es Wunder weiß was zu sehen, fährt erschrocken zusammen. »Was ist los?«

Mom wendet den Kopf. »Alles im grünen Bereich. Ich habe lediglich vor, einzuparken. Wenn ihr zwei bitte die paar Mülltonnen da vorn wegräumen würdet.«

Die paar Mülltonnen entpuppen sich zwar als mindestens zwanzig oder fünfundzwanzig Stück, braune, blaue und auch ein paar graue, alle bis oben hin gefüllt und dementsprechend schwer, aber wir zerren sie in Windeseile zur Seite, angespornt von einem ausdauernden Hupkonzert, weil unser Transporter die Straße komplett blockiert. Doch dann schafft es Mom gleich beim ersten Mal, absolut vorschriftsmäßig einzuparken, und Dad und ich stehen am Straßenrand und applaudieren.

»Eines muss man deiner Mutter lassen«, sagt Dad und in seiner Stimme schwingt Stolz mit. »Was sie auch anpackt, sie macht es perfekt.«

»Ja«, sage ich, »aber ich vergehe trotzdem vor Hunger.«

Das ist nur die halbe Wahrheit. In Wirklichkeit ist mir immer noch ein bisschen übel von Moms Rumkurverei. Viel wichtiger als jede Pizza ist mir eine Steckdose, denn ich will endlich mein Smartphone aufladen. Aus irgendeinem Grund bilde ich mir ein, dass von Paolo ganz bestimmt eine WhatsApp gekommen ist, vielleicht sogar eine zweite oder dritte. Ich muss leise geseufzt haben, denn Mom hakt sich bei mir unter und meint: »Keine Sorge, wir finden sicher in Nullkommanichts eine Pizzeria.«

Ausnahmsweise diskutieren meine Eltern mal nicht darüber, in welchem Lokal wir wohl die beste Pizza bekommen würden. Stattdessen steuern wir einfach die nächstbeste Pizzeria an und ergattern dort den letzten freien Tisch. An der Wand neben uns drei Steckdosen! Ich kann mein Glück kaum fassen, als ich das Ladegerät einstöpsle.

»Tja«, meint Dad und schiebt dabei mein Smartphone auf der rot karierten Decke so knapp an der Tischkante hin und her, dass ich ganz unruhig werde, »wir sind fünfundzwanzig Minuten lang durch die Stadt gefahren. Und ich habe kein einziges Hotel gesehen. Das heißt für uns: Keine Konkurrenz!«

»Na bitte!« Mom lehnt sich lächelnd zurück. »Was meinst du, wie unser Laden brummen wird!« Sie hebt ihr Glas und sagt so laut, dass alle in der Pizzeria zu uns herüberschauen: »Trinken wir auf unser Schloss! Es wird das schönste Hotel weit und breit, da könnt ihr sicher sein.«

Um uns herum verstummen mit einem Mal alle Gespräche. Misstrauisch blicken die Leute zu uns herüber. Aber vielleicht bilde ich mir das ja auch nur ein. Unter dem Tisch knete ich meine Hände. Soll ich oder soll ich nicht? Soll ich Mom und Dad erzählen, was ich erlebt habe? Vom gestrigen Abend? Vom Labyrinth und von Amatus? Während ich noch hin und her überlege (ja-nein-ja-nein), kommt unsere Pizza.

»Was ist?«, fragt Mom, als ich zögere.

»Nichts«, murmle ich nur und mache mich über meine Pizza her.

Als wir gegen halb elf zurück sind, liegt das Schloss in tiefer Dunkelheit. Mom und Dad waren an diesem Abend total gut drauf (die beiden haben während der Fahrt pausenlos alte Schlager gesungen), und es fiel überhaupt nicht auf, wie schweigsam ich war. Was hauptsächlich daran liegt, dass ich mich gewaltig über mich selbst ärgere.

Zwar ist mein Smartphone mittlerweile aufgeladen, aber mir fällt die PIN nicht mehr ein, da kann ich mir noch so sehr den Kopf zerbrechen. Zwei Mal habe ich schon eine falsche Zahlenkombination eingegeben – ein drittes Mal riskiere ich lieber nicht. Und ausgerechnet jetzt spüre ich wieder ganz stark, dass Paolo mir geschrieben hat. Klar, wir wohnen nun ein paar Hundert Kilometer auseinander, 435, um genau zu sein. Aber vielleicht ziehen wir ja auch mal wieder zurück. Sicher ist nichts im Leben, sagt Dad immer, und vielleicht ist Paolo ja doch verliebt in mich und vermisst mich. Wenn ich jetzt bloß wüsste, wo ich die PIN notiert habe. Oder hab ich sie gar nicht …?

»Also dann werden wir uns schleunigst aufs Ohr legen«, unterbricht Dad meine Gedanken, während Mom den Transporter vor dem Schloss parkt. »Linda, morgen heißt es früh aufstehen. Aber es gibt den perfekten Service.«

Er grinst, als ich ihn verständnislos anschaue. »Du wirst direkt vors Schultor gefahren. Aber nur ausnahmsweise, weil du den Weg noch nicht kennst. Ab übermorgen ist dann Fußmarsch angesagt.«

Ach du lieber Himmel, das Thema Schule, das habe ich ja völlig vergessen. Wenn ich mir vorstelle, Mom und Dad fahren mich in unserem himmelblauen Transporter mit dieser idiotischen Aufschrift zur Schule … Wenn das nicht oberpeinlich ist! Und Dad zieht womöglich seine Butlerhandschuhe über und hält mir die Tür auf und macht dazu eine kleine Verbeugung … Das traue ich ihm ohne Weiteres zu.

Allerhöchste Zeit, dass ich meinen Joker ziehe. Also lächle ich und sage: »Danke, Dad, das ist unheimlich lieb von dir. Übrigens, wo ist unsere Taschenlampe?«

»Was willst du damit?«

»Meinen Rucksack suchen. Ich kann doch nicht einfach ohne Schulsachen aufkreuzen.«

»Na ja …« Dad kratzt sich am Kinn. Es schabt ein bisschen, weil er sich seit vorgestern nicht mehr rasiert hat. »Und wo steckt dein Rucksack?«

»Irgendwo hier«, sage ich und mache eine ungefähre Handbewegung. »Wo genau … keinen Plan. Tut mir leid, echt. Wir müssen ein paar Sachen ausladen. Damit ich auch an die unteren Kisten komme.«

Irgendjemand stöhnt auf. Mom oder Dad. Vielleicht auch beide. Dann meint Dad: »Auf gar keinen Fall. Das kann Stunden dauern.«

Mom zu Dad: »Ich möchte nicht wissen, wie Linda dann zu acht Stunden Schlaf kommen soll.«

Dad zu Mom: »Unausgeschlafen am ersten Tag in der Schule macht keinen guten Eindruck, würde ich sagen.«

Mom legt mir den Arm um die Schulter. »Linda-Schätzchen, wäre es sehr schlimm für dich, wenn sich dein erster Schultag noch etwas verschiebt?«

Ich tue so, als würde ich überlegen. »Och nee, das geht schon in Ordnung«, sage ich dann großzügig und gebe Mom und Dad einen dicken Kuss.

Manchmal habe ich die besten Eltern der Welt.

9. Kapitel

Die nächsten Tage ist von Schule keine Rede mehr. Von morgens bis abends räumen wir das Erdgeschoss aus, wir putzen und werkeln wie die Weltmeister, und Dad macht ständig neue Pläne für die Einrichtung. Wie es aussieht, wird unsere Wohnung in den nächsten Tagen fertig werden. Mein Zimmer ist jedenfalls schon mal gestrichen, in einem wunderschönen Gelb – sonnengelb nennt es Mom – und es macht richtig gute Laune. Als Nächstes wollen wir uns an den Frühstücksraum und die Rezeption machen, jede Menge Arbeit also, und so fallen wir jeden Abend spätestens um zehn völlig geschafft in die Kojen, wie Dad unsere Schlafgelegenheiten im Transporter nennt.

Ein paarmal noch träume ich von den nächtlichen Anrufen, aber nicht einmal diese Träume machen mir Angst. Inzwischen bin ich mir fast sicher, dass alles nur Einbildung war. Es gibt keinen Wasserspeier, der reden kann und Amatus heißt (wie bin ich bloß auf diesen komischen Namen gekommen?), und das Medaillon ist ein ganz normales Medaillon. Aber trotzdem trage ich es lieber nicht mehr. Was ein bisschen schade ist, weil es so wunderschön ist. Es liegt jetzt ganz tief unten im Handschuhfach, zusammen mit dem Foto, und am besten vergesse ich es so schnell wie möglich.

Übrigens: Nicht einmal mehr die Wasserspeier am Schlossgemäuer ängstigen mich, das sind nämlich nur blöde graue Steine. An einigen von ihnen hat der Zahn der Zeit schon gewaltig genagt. Bevor sie demnächst herunterstürzen, sollte man sie vielleicht doch lieber abschlagen, meint Mom inzwischen, und ich habe gesagt, dass das eine sehr gute Idee sei.

Deshalb ahne ich auch nichts Schlimmes, als Dad an diesem Mittag eine Überraschung ankündigt und uns über die steile Holztreppe, die er selbst gebaut hat, nach oben ins erste Stockwerk lotst. »Vorsicht«, ruft er, »die Treppe ist nur provisorisch!«

Was total nervt, vor allem, weil er das ständig wiederholt, aber ich verziehe keine Miene. Noch 'ne Diskussion wie an diesem Morgen halte ich nämlich nicht aus. Meine Eltern haben sich höllisch aufgeregt, weil ich heimlich versucht habe, mit Moms uraltem Handy zu telefonieren, einem scheußlich pinkfarbenen Teil mit bunten Strass-Steinchen. Hat sowieso nicht geklappt, ich kriege Paolos Nummer nicht mehr zusammen. Jedenfalls hat Mom mich dabei erwischt, als ich unter der Bettdecke auf dem

Handy herumtippte. Es gab ziemlichen Stress, und sie hat angedroht, es in Zukunft so gut zu verstecken, dass nicht einmal sie selbst es wiederfinden würde. Dann ist ihr und Dad plötzlich wieder eingefallen, dass ich eigentlich in der Schule sein sollte, und deshalb halte ich jetzt lieber die Klappe.

Als wir endlich im oberen Stockwerk stehen, stelle ich zufrieden fest: Keine Spur von einem dunkel getäfelten Saal. Stattdessen eine lange Reihe großer Zimmer mit Blick in den wunderschönen Park. Mom flippt fast aus vor Begeisterung und vor allem darüber, dass es hier oben aussieht, als wäre alles frisch geputzt. Dad winkt uns aus einem der Zimmer zu. Er scheint wahnsinnig guter Laune zu sein, denn jetzt singt er tatsächlich: »Schau-au-t mal, worauf ich ge-stooo-ßen bin.«

Ich glaube, dass ich schon in diesem Moment eine Ahnung habe, eine Ahnung, dass jeden Moment etwas Unheilvolles passieren kann. Plötzlich grummelt es nämlich in meinem Bauch, wie in einem Traum, wenn man weiß, dass man gleich von einer Brücke fällt. Am liebsten hätte ich meine Eltern mit mir gezerrt, schnell die Treppe hinunter, und dann nur weg, aber da hat mich Mom auch schon ins Zimmer geschoben und flüstert ärgerlich: »Jetzt zieh nicht so ein Gesicht, wenn Dad sich mal freut.«

Er steht vor einem riesigen Spiegel mit verschnörkeltem Goldrahmen und strahlt, als hätte er im Lotto gewonnen.

Ich habe noch nie erlebt, dass Mom sprachlos ist. Jetzt aber schon! Es dauert einen Moment, dann strahlt sie genau wie Dad und meint, der Spiegel sei bestimmt aus der Zeit von Ludwig dem Vierzehnten, vielleicht sogar aus dem weltberühmten Spiegelsaal. Und während meine Eltern sich vor Begeisterung überschlagen, sehe ich die Wahrheit, die ihnen verborgen bleibt: dass der Spiegel in Wirklichkeit zersprungen ist, von einem Spinnennetz feiner Risse überzogen. Schemenhaft ist dahinter ein Gesicht zu erkennen. Und Hände, die nach Mom und Dad zu greifen scheinen.

Ich will schreien, doch kein Laut kommt aus meiner Kehle.

Wie aus weiter Ferne höre ich Moms Stimme. Sie klingt verzerrt, und ich kann nicht verstehen, was sie sagt. Auch Dad hört sich mit einem Mal so merkwürdig an. Er wird leiser und leiser, bis er verstummt.

»Rrrr! Rrrr! Rrrr! Rrrr!«

Ich fahre herum.

»Rrrr! Rrrr! Rrrr! Rrrr!«

Wie gebannt stehe ich da und warte auf das nächste Klingeln.

»Rrrr! Rrrr! …«

Es bricht ab, und ich drehe mich zu Mom und Dad um und will ihnen endlich alles sagen …

Doch die beiden sind nicht mehr da. Sie sind … verschwunden. Ich schlucke. Das kann nicht sein. Ich stehe die ganze Zeit über in der Tür, und es gibt kein einziges Versteck in diesem Zimmer. Wie eine riesige Welle rollt die Panik auf mich zu.

»Mom und Dad, kommt zurück!«, schluchze ich und lasse mich auf den Boden sinken. »Ich hab euch so lieb. Bitte.«

»Rrrr! Rrrr! Rrrr! Rrrr!«

Ich springe auf und reiße mit einem Ruck den Hörer hoch. »Amatus …? Hilf mir!«

Ein spöttisches Lachen erklingt. »Amatus wird dir nicht mehr helfen können.«

Dann ertönt ein dumpfes Klacken. Aufgelegt.

Ich weiß nicht, wie lange ich den Hörer in der Hand halte, unfähig, einen klaren Gedanken zu fassen. Schließlich nehme ich meinen ganzen Mut zusammen und blicke zum Spiegel hinüber. Und kann erst mal aufatmen. Denn nichts ist mehr zu sehen von dem, was mir einen solchen Schrecken eingejagt hat. Stattdessen erblicke ich im Spiegel den weit geöffneten Fensterflügel auf der gegenüberliegenden Seite und höre Schritte draußen auf dem Kies.

Im Nu bin ich am Fenster, doch niemand ist zu sehen. Blitzschnell renne ich den Korridor entlang, die wacklige Holztreppe hinunter, quer durch die Halle und reiße die Tür auf. Ein alter Mann in grauen Klamotten, eine Kappe tief ins Gesicht gezogen, macht eilig einen Schritt zur Seite. Wortlos humpelt er mit seinen schweren Wanderstiefeln davon.

»Warten Sie!«, rufe ich, doch er humpelt einfach weiter zum Park hinüber. »Hallo!«, rufe ich, während ich hinter ihm herrenne. »Haben Sie meine Eltern gesehen? Ist Ihnen jemand begegnet? Sie sind plötzlich verschwunden …«

Unvermittelt bleibt er stehen. Ich weiche zurück. Wie versteinert wirkt sein zerfurchtes Gesicht. »Hier ist schon mancher ohne Wiederkehr verschwun'n«, nuschelt er, ohne die Lippen zu bewegen.

Leise lachend, als hätte er einen grandiosen Witz gemacht, stößt er das Tor zum Park auf. Das Letzte, was ich von ihm sehe, ist, wie er sich durch die Hecke zwängt.

Völlig durcheinander bleibe ich stehen. Hier ist schon mancher verschwunden …? Ohne Wiederkehr? Ein kalter Schauder überläuft mich. Ich zittere am ganzen Körper, aber ich weiß: Ich muss cool bleiben. Ich muss meine Eltern retten. Und ich brauche Amatus dazu.

10. Kapitel

Was würde ich bloß ohne Mirabell machen? Ganz plötzlich ist sie am Eingang zum Park aufgetaucht. Sie streicht mir um die Beine, und als ich sie frage, ob sie mitkommt zu Amatus, schaut sie zu mir hoch, als wolle sie Ja sagen.

»Danke, Mirabell«, flüstere ich und nehme sie auf den Arm. Jetzt fühle ich mich nicht mehr ganz so allein, aber noch zögere ich. Was, wenn ich mich wieder im Labyrinth verlaufe? Und dann schießt mir noch ein weiterer Gedanke durch den Kopf: Wohin ist der unheimliche Wanderer verschwunden? Lauert er irgendwo auf mich? Mir bricht der Schweiß aus.

Und auch Mirabell wird unruhig. Sie windet sich aus meinem Arm, ich rufe ein paarmal »Bleib da!«, aber sie denkt gar nicht daran. Also renne ich hinterher, den Blick starr auf die Katze gerichtet, die sich verhält, als kenne sie sich in diesem Labyrinth bestens aus. Keinen Moment zögert sie, wenn sich die Wege kreuzen, und einmal (ich muss kurz anhalten, weil ich böses Seitenstechen habe) wartet sie sogar auf mich. Plötzlich weitet sich der Weg, wir sind am Rondell. Mirabell hat mich hergeführt! Ich könnte heulen, so erleichtert bin ich.

»Amatus!«, rufe ich. »Du musst mir helfen! Meine Eltern sind verschwunden und … Was ist los mit dir?«

Grinste Amatus vor wenigen Tagen noch von einem Ohr bis zum anderen, so kauert er jetzt mit schmerzverzerrtem Gesicht auf seinem Sockel.

»Frag nicht«, stöhnt er. »Kleine Auseinandersetzung, nicht der Rede wert. Erkläre mir lieber, weshalb du erst heute kommst. Da setzt unsereins sämtliche Hoffnungen in dich und dann …« Mühsam schüttelt er den Kopf, und ein leises Knacken ist zu hören.

»Entschuldige, es ging nicht früher«, murmle ich betreten. »Außerdem weiß ich überhaupt nicht, was du von mir erwartest. Es ist was Schreckliches passiert. Meine Eltern sind verschwunden und ich …« Irgendwie schaffe ich es gerade noch, meine Tränen zurückzuhalten. »Meinst du, der gruselige Wanderer hat sie entführt?«

»Gruseliger Wanderer …?« Amatus sieht mich überrascht an. »Hier kommen seit Jahren keine Wanderer mehr vorbei.«

»Älterer Mann, graue Klamotten, und er sieht furchterregend aus. Außerdem näselt er total.«

»Näselt?«

Ich nicke ungeduldig. Vielleicht wäre es klüger gewesen, auf eigene Faust nach Mom und Dad zu suchen. Amatus ist jedenfalls keine große Hilfe, und jetzt lacht er auch noch, wenn auch mit schmerzverzerrtem Gesicht (anscheinend tut ihm auch das Lachen weh).

»Donaldus näselt, und daran bin ich nicht ganz unschuldig«, sagt er schließlich. »Habe doch erwähnt, dass es eine kleine Auseinandersetzung gegeben hat. Donaldus ist aber alles andere als ein Wanderer. Er ist …« Amatus senkt die Stimme. »Er ist einer von uns Wasserspeiern. Und er ist böse. Sehr, sehr böse. Du musst wissen, Jahrhunderte lang gab es auf diesem Schloss nur friedliche Wasserspeier. Wir wussten zwar, dass wir übernatürliche Kräfte besitzen, doch wir gebrauchten sie nicht. Mit einem Lächeln im Gesicht verrichteten wir tagein, tagaus unsere Arbeit, alles hier war friedlich und schön, im Schloss und im Park. Auf diesem Brunnen stand eine Statue aus strahlend weißem Marmor. Ein italienischer Bildhauer hatte sie im Auftrag des Herzogs erschaffen, und niemals mehr hat ein Mensch Schöneres vollbracht. Denn der alte Herzog liebte die Kunst, und wir Wasserspeier liebten ihn dafür. Dennoch waren er und seine Söhne grausam und böse. Als die große Hungersnot kam, wurden sie und ihre gottlosen Freunde von einer alten Frau aus dem Dorf verflucht: Sie versteinerten zu fürchterlichen Wasserspeiern. Nicht lange und sie steckten die bisher so friedlichen Wasserspeier mit ihrer Bosheit an, und gemeinsam schmiedeten sie Pläne, wie sie sich an der ganzen Menschheit rächen können. Mich haben sie hierher verbannt, weil ich bei ihrem schändlichen Treiben nicht mitmachen wollte.« Er stöhnt leise auf. »In letzter Minute konnten damals ihre Pläne vereitelt werden, doch neuerdings mehren sich die Zeichen, dass sie ihre alten Zauberkräfte wiedererlangen könnten. Ich kenne die Prophezeiung. Ich fürchte, es könnte bald losgehen.«

»Was denn?«, frage ich nach. »Amatus? Von welcher Prophezeiung redest du? Was könnte losgehen?«

»Du musst sie finden! Beeil dich endlich, bevor es zu spät ist.«

»Du bist vielleicht witzig! Na klar tue ich alles, um Mom und Dad zu finden.«

»Nicht deine Eltern! Ich spreche von Amelie. Wenn du deine Eltern wiederhaben willst, musst du zuerst Amelie finden.«

Plötzlich verstummt er.

»Wer ist Amelie?«, rufe ich. »Und was hat sie mit meinen Eltern zu tun?«

Amatus, das Gesicht schmerzverzerrt, die linke Hand an der Stirn, schweigt beharrlich, und schließlich gebe ich auf.

»Komm«, sage ich zu Mirabell. Reglos thront sie auf dem Brunnenrand, den Blick ins Nirgendwo gerichtet. In der Dämmerung könnte man auch sie für eine Steinfigur halten. »Komm«, wiederhole ich, als sie sich immer noch nicht rührt. Erst jetzt fällt mir auf, dass sie die Ohren gespitzt hat. Dann, völlig unvermittelt, macht sie einen Katzenbuckel und verzieht das Gesicht zu einem lautlosen Fauchen. Ich weiche erschrocken zurück …

Doch endlich kapiere ich. Mirabell meint nicht mich. Sie meint jemanden, den ich nicht sehen kann. Der uns beobachtet. Der uns belauscht. Jetzt drängt sie sich an mich, und ich kann die Furcht in ihren Augen sehen.

»Alles wird gut«, flüstere ich. Ein bisschen sage ich das auch zu mir selbst. Denn ich werde jetzt das Schloss durchsuchen. Von oben bis unten. Notfalls auch ein zweites und ein drittes Mal. Ich werde Mom und Dad finden.

11. Kapitel

Es ist später Nachmittag und es dämmert bereits, als ich, Mirabell auf dem Arm, endlich zurück am Transporter bin. Dad hat mal wieder vergessen, abzuschließen. Aber das ist auch das einzige Glück an diesem Tag. Meine Suche: komplett erfolglos. Mom und Dad sind spurlos verschwunden. Als ich die Hecktür öffne, hoffe ich noch einen klitzekleinen Moment lang, meine Eltern würden vergnügt auf dem Sofa sitzen. Aber da ist niemand, und so krame ich schließlich die Dose mit den Plätzchen von Oma Adelheid heraus (Mom hat sie versteckt, weil sie für Weihnachten gedacht sind, aber ich habe sie schon längst entdeckt) und schiebe mir Zimtsterne und Nussmakronen in den Mund und heule ein bisschen.

Weil davon aber auch nichts besser wird, packe ich die Dose schließlich weg und erkläre Mirabell, was ich mir überlegt habe. Okay, es hört sich vielleicht ein bisschen seltsam an, dass ich mit

Mirabell rede, aber ehrlich, es funktioniert. Sie antwortet natürlich nicht so richtig mit Ja oder Nein, aber ich spüre genau, was sie mir sagen will. Als ich zum Beispiel den Vorschlag mache, Moms Handy zu suchen und die Polizei anzurufen, maunzt sie empört. Und hat damit auch total recht, wie sich herausstellt. Die halbe Stunde, die ich gebraucht habe, um das Handy endlich in Moms Schminkkoffer zu finden, hätte ich anders besser nutzen können. Zwar ist der Akku geladen, halb voll sogar, aber nirgendwo habe ich Empfang.

»Okay, das war jetzt nicht so genial«, gebe ich zu. Ich greife nach Moms buntem Schal (er riecht ein bisschen nach ihrem Parfüm), und dann denke ich ganz fest an sie und Dad, gerade so, als könnten meine Gedanken sie zurückbringen.

Anscheinend bin ich eingeschlafen, denn als ich irgendwann hochschrecke, ist es mitten in der Nacht.

»Mom?«, frage ich schlaftrunken und taste nach ihr. Aber neben mir liegt niemand, und ich brauche einen Augenblick, bis ich mich an alles erinnere. Dann aber bin ich von einer Sekunde auf die andere hellwach. Das liegt hauptsächlich daran, dass draußen sonderbare Geräusche zu hören sind. Wiehernde Pferde?

Blitzschnell springe ich auf und bin am Fenster … Und staune nicht schlecht, als ich die rumpelnden schwarzen Kutschen sehe, die am Schloss vorfahren, eine nach der anderen, zehn, zwölf, ich komme mit dem Zählen fast gar nicht mehr nach. Kurz wird angehalten (anscheinend steigt jemand aus, wer, das kann ich von hier aus nicht erkennen), dann fährt die Kutsche weiter, und die nächste rollt heran. Irgendwann, ich glaube bei vierundzwanzig, ist Schluss. Mir fällt ein, was Amatus gesagt hat: Bald könnte es losgehen. Vielleicht in dieser Nacht?

Einen Moment noch warte ich, bis die letzte Kutsche den Schlosshof verlassen hat. Dann sage ich laut in die Dunkelheit hinein: »Es könnte bald losgehen!« Was auch immer. Wenn ich bloß wüsste, was Amatus damit gemeint hat.

Blöd ist auch, dass Mirabell mal wieder abgehauen ist. Ein paarmal klappere ich mit der Schachtel mit Trockenfutter, dann ist klar: Ich muss das wohl allein hinkriegen. Obwohl ich eigentlich nicht so richtig mutig bin. Wenn ich in der Schule ein Referat halten muss oder 'ne Buchvorstellung, habe ich immer schon drei Tage vorher Bauchweh. Einmal habe ich einen Preis bekommen für den Song, den ich für unsere Schulband geschrieben habe, und da habe ich vor Aufregung sogar gekotzt, als ich zur Preisverleihung auf die Bühne sollte. Zum Glück ging das total unter, weil unser Englischlehrer versehentlich den Feueralarm ausgelöst hat und ein ziemlicher Tumult losbrach.

Unschlüssig kaue ich auf meiner Unterlippe herum. Irgendwas geht im Schloss ab, so viel ist klar. Und dass es irgendwas mit den Wasserspeiern zu tun hat, halte ich für sehr wahrscheinlich.

An den Knöpfen meiner Jacke zähle ich ab: zum Schloss rübergehen – nicht rübergehen – rübergehen … und muss plötzlich lachen. Falls ich tatsächlich aufs Parkett kotzen sollte, geschieht das diesen scheußlichen Wasserspeiern gerade recht. Ich wickle mir Moms Schal drei Mal um den Hals (als Glücksbringer), rufe noch mal nach Mirabell (vergeblich) und schleiche mich schließlich hinüber zum Schloss, wo der Eingang von Fackeln erleuchtet wird und leise Geigenmusik zu hören ist.

Ups! Was, wenn ich in irgendeine total harmlose Veranstaltung platze, Konzert im Schloss oder so? Womöglich hält der Bürgermeister gleich eine Ansprache, die Presse ist da und viele wichtige Leute, und dann tauche ich auf und kotze aufs Parkett … Mit einem Mal gefällt mir dieser Gedanke überhaupt nicht mehr, und ich bin schon fast auf dem Rückzug, als ich die beiden rot livrierten Gestalten am Eingang entdecke, die sich genau in diesem Moment in meine Richtung drehen. Nur für Sekundenbruchteile kann ich im flackernden Schein der Fackeln ihre Gesichter erkennen.

Ein lauter Trommelwirbel aus dem Schloss übertönt meinen entsetzten Schrei. Danach ist es still. Sehr still sogar.

12. Kapitel

Noch immer presse ich mich an die Wand und versuche vergeblich, meine wackligen Knie in den Griff zu kriegen. Ich brauche nur an die teuflischen Fratzen der beiden Gestalten zu denken, schon geht das Zittern wieder los. Genau aus diesem Grund habe ich es die ganzen Tage über vermieden, mir die vielen Wasserspeier genauer anzuschauen. Wobei diese beiden drüben vor dem Eingang aber auch besonders gruselige Exemplare sind, Zwillinge anscheinend, mit dicken Wülsten über den Augen und grimmig gefletschten Zähnen. Kurzum Typen, denen man sehr ungern begegnen will.

Wenn ich bloß wüsste, wie ich ungesehen an den beiden vorbeikomme! Denn dass ich ins Schloss muss, steht fest. Ich habe Stimmen gehört, und ich will wissen, was dort vor sich geht.

Doch dann stelle ich mit einem vorsichtigen Blick zum Eingang fest, dass die Wächter mit einem Mal verschwunden sind.

Ich kann mein Glück nicht fassen, schaue lieber noch ein zweites und ein drittes Mal und sehe sie dann quer über den Hof zu unserem Transporter humpeln – im Gleichschritt, was eigentlich ziemlich witzig aussieht. Auf alle Fälle ist es ein Vorteil für mich; denn falls ich abhauen muss, bin ich um einiges schneller als diese schwerfälligen Monster, die inzwischen unseren Wagen umkreisen. Siedend heiß fällt mir ein, dass ich nicht abgeschlossen habe, aber das lässt sich jetzt nicht mehr ändern.

Auf Zehenspitzen, die Schuhe in der Hand, husche ich zum Schlosseingang und in die Halle hinein. Und stehe im Dunkeln, denn hinter mir schließt sich wie von Geisterhand die schwere Tür, völlig lautlos zum Glück. Aber zum Aufatmen ist es noch zu früh. Erst einmal muss ich mich orientieren, und so taste ich mich Schritt für Schritt an der Wand entlang Richtung Treppe, mit dem blöden Gefühl im Bauch, jeden Moment zu stolpern und einen Heidenlärm zu verursachen. Standen am Mittag nicht noch überall Farbeimer herum? Oder bin ich schon wieder in einer anderen Welt? Im Zeitlupentempo bewege ich mich vorwärts, bleibe schließlich stehen und lausche. Schon seit einer Weile ist die Musik verstummt, absolut nichts ist zu hören, und ich kriege schon wieder eine Gänsehaut, weil die Stille so unheimlich ist. Als plötzlich ganz in der Nähe eine Uhr schlägt, fahre ich erschrocken zusammen, und mit klopfendem Herzen zähle ich lautlos mit: … zehn … elf … zwölf.

Die Eingangstür öffnet sich. Licht fällt herein, und ich höre barsche Stimmen. Die Wächter? Natürlich! Sie suchen mich.

Auf der Suche nach einem Versteck will ich schon die Marmortreppe hochrennen (etwas Besseres fällt mir im Moment nicht ein), als ich, versteckt hinter einer Säule, die schmale Wendeltreppe entdecke. Und schon stürme ich hinauf, bis ich schließlich vor einer Wand stehe, die mit einer zerschlissenen grüngelben Tapete bespannt ist. Endstation! Großartig!

Völlig außer Puste hocke ich mich auf die oberste Stufe. Was jetzt? Ach Scheiße, denke ich, ich will bloß zurück in mein altes Leben, zu Paolo und den anderen. Und ich wünsche mir so sehr, dass Mom und Dad endlich wieder da sind.

Gedankenverloren fahre ich mit den Fingern das geschmiedete Geländer nach, kunstvolle Blütenornamente und dazwischen ein rundlicher Kopf, der mich stutzen lässt. Dann, auf den zweiten Blick, erkenne ich ihn. Das ist Amatus mit seinen unverwechselbaren Glupschaugen. Allerdings sind es drei! Ungläubig taste ich über das mittlere Auge und spüre im selben Moment einen Luftzug hinter mir. Als ich mich umdrehe, öffnet sich hinter mir die Wand Zentimeter um Zentimeter. Ich zwänge mich durch den Spalt und stehe plötzlich in einer kleinen Loge mit gerafften Vorhängen. Noch einen Augenblick zögere ich, denke ganz fest an Mom und Dad und mache einen Schritt zur Brüstung, um nach unten zu spähen.

13. Kapitel

Alles habe ich erwartet, aber bestimmt nicht das, was dort unten im matten Kerzenlicht zu sehen ist: Irgendwelche Leute, alle mit lockigen weißen Perücken und langen roten Umhängen, sitzen mit dem Rücken zu mir und starren schweigend zu einer kleinen Bühne. Der schwarze Vorhang ist heruntergelassen, doch dahinter sind leise Stimmen zu hören. Obwohl das Ganze schon irgendwie schauerlich ist, atme ich erleichtert auf. Anscheinend bin ich in ein Theaterstück geraten. Wobei man sich schon fragen könnte, weshalb auch die Zuschauer verkleidet sind. Doch eigentlich wundert mich überhaupt nichts mehr. So langsam glaube ich, dass Amatus die Wahrheit sagt. Ich sehe wirklich Dinge, die anderen verborgen bleiben. Denn Dad, der mittlerweile jeden Winkel des Schlosses kennt, hat nichts von einem Theatersaal erzählt. Von einem wunderschönen Theatersaal, um genau zu sein.

Staunend blicke ich mich um. Wände, die mit grün-goldenem Brokatstoff bezogen sind, eine mit bunten Blumen und geheimnisvollen Zeichen bemalte Decke, halbkreisförmig angeordnete Logen mit Vorhängen aus schwerem grünen Stoff …

Ein Raunen geht durch die Reihen, als der Bühnenvorhang langsam zurückgezogen wird. Eine Gestalt mit lockiger weißer Perücke und rotem Umhang entzündet mit dem Rücken zum Publikum eine große weiße Kerze, die mitten auf der Bühne steht, und dreht sich dann zu den Zuschauern. Der Wanderer! Schnell tauche ich hinter der Brüstung ab. Schlagartig ist mir einiges klar geworden. Dort unten sitzt kein normales Publikum. Sondern Wasserspeier, vermutlich die schrecklichsten, die man sich vorstellen kann, gruselige Albtraumgestalten, die einem garantiert den Rest geben.

»Hochverehrte Freunde«, höre ich Donaldus näseln. »Noch zwingt uns der verhängnisvolle Fluch zu unserem elenden Dasein. Doch der Tag unserer Rache naht. Allerdings gibt es auch Kräfte, die gegen uns arbeiten. Deshalb müssen wir uns an diesem geselligen Abend mit Amatus beschäftigen, dem niederträchtigen Verräter!«

Ein langes *Buuuh!* folgt diesen Worten. Als ich einen kurzen Blick über die Brüstung wage, sehe ich, wie Donaldus zufrieden grinst. »Diese erbärmliche Kreatur«, fährt er schließlich fort, »hat es nun gewagt, menschliche Wesen zu Hilfe zu holen, wodurch er unseren weisen Plan zu hintertreiben sucht. Doch dies wird ihm nicht gelingen. Mag er auch noch so sehr auf Amelie hoffen.«

»Amelie?«, ruft eine röchelnde Stimme. »Du hast versprochen, von Amelie geht keinerlei Gefahr mehr aus!«

»Genau, das hast du!«, brüllt ein anderer.

»Wir haben dir blind vertraut!«

Es dauert, bis Donaldus sich in dem wilden Gegröle Gehör verschaffen kann. »Liebe Freunde, liebe Weggefährten«, näselt er, »zurzeit befindet sich Amelie in der örtlichen Schule, wie ich durch einen unserer Spione erfahren habe. Amatus ist es zu meinem Leidwesen geglückt, ihren Aufenthaltsort ebenfalls ausfindig zu machen. Aber er kann sich nicht mit ihr in Verbindung setzen, dazu reicht seine Macht nicht aus. Vertraut mir, ich werde verhindern, dass jemand unsere Pläne durchkreuzt. Jetzt, wo die lange versprochene Prophezeiung bald eintreten wird und wir endlich unser ersehntes Werk der Zerstörung vollenden werden.«

Tosender Applaus ertönt.

»Was die menschlichen Wesen angeht, so besteht für uns keinerlei Gefahr«, höre ich Donaldus rufen, nachdem der Beifall abgeflaut ist. »Zwei von ihnen sind am heutigen Tag spurlos verschwunden. Das dritte menschliche Wesen ist noch ein Kind, ein Mädchen. Sie ist zwar über alle Maßen neugierig, doch ich werde mit ihr fertig, meine Freunde. Mir ist es schon zwei Mal gelungen, sie in das Labyrinth zu locken. Auf ewig wäre sie dort verschwunden, wenn nicht unglücklicherweise Amatus und auch diese dumme Katze eingegriffen hätten. Doch nun wenden wir uns erfreulicheren Dingen zu: Lasst uns schweigend unseren Schwur des Bösen erneuern, wie wir das seit Jahrhunderten tun.«

Während unten Stühle gerückt werden, kauere ich zitternd hinter der Brüstung und überlege fieberhaft. Bedeutet das, Mom und Dad sind jetzt in der Gewalt von Donaldus? Und was hat Amelie mit allem zu tun?

Schließlich spähe ich erneut über die Brüstung, ziehe den Kopf aber sofort wieder ein. Es ist, wie ich befürchtet habe: Dort unten stehen im Kreis die allergruseligsten Wasserspeier und halten einander an den Klauenhänden. Totenstill ist es jetzt, man könnte eine Stecknadel fallen hören. Oder auch einen knurrenden Magen. Laut und deutlich ist er zu hören, und leider ist es meiner. Plötzlich schreien die Wasserspeier aufgeregt durcheinander.

»Es kam von dort oben!«, höre ich eine Stimme kreischen. »Donaldus hat uns getäuscht. Amelie ist zurück! Sie wird sich an uns und unseren Plan erinnern. Sie wird ihn durchkreuzen. Ihr wisst, was passieren wird, wenn sie zurückkehrt. Unser jahrhundertelanges Warten wäre umsonst! Wir werden zu Staub zerfallen!«

»Niemals!« Donaldus hat Mühe, gegen die Meute anzuschreien. »Ich selbst habe Amelie ins Reich der Menschen verbannt. Vor exakt dreihundertvierundsiebzig Jahren. Ihre Erinnerungen sind ausgelöscht! Wir sind sicher! So glaubt mir endlich!«

Doch der Saal tobt. Immer wieder ertönt der Ruf: »Nieder mit ihr!« Schließlich klatschen sie und brüllen im Chor: »Jagt sie! Jagt sie!«

Scheiße! Ich bin zwar nicht Amelie, aber das sieht trotzdem nicht gut aus für mich.

14. Kapitel

Dass ich wenig später im Transporter auf dem Sofa sitze, habe ich nur Mirabell zu verdanken. Wie aus dem Nichts war sie aufgetaucht, wie ein geölter Blitz an mir vorbei auf die Brüstung gesprungen und von dort direkt in die Menge der Wasserspeier gehechtet, die panisch zurückwichen. Was man verstehen kann, denn Mirabell fauchte höllisch, und ihre Augen sprühten Funken wie ein Silvesterfeuerwerk. Während dort unten also das totale Chaos ausbrach, Schreie, Flüche und über allem die Rufe von Donaldus, der vergeblich zur Ruhe mahnte, bin ich die Treppe hinuntergestürmt, quer durch die Eingangshalle, vorbei an den beiden Wachen, die, jeder an eine Säule gelehnt, vor sich hin schnarchten, in einer Lautstärke, dass einem fast die Ohren abfielen.

»Schreckliche Träume!«, habe ich noch gerufen, mich dann aber doch beeilt, so schnell wie möglich in den rettenden Wagen zu kommen. Dort habe ich alles verriegelt, was sich verriegeln lässt.

Irgendwann sind erneut die Kutschen vorgefahren; die Versammlung der Wasserspeier war anscheinend zu Ende, und ich konnte endlich aufatmen. Na ja, so ein bisschen wenigstens. Wenn bloß die Sorge um Mom und Dad nicht wäre! Und auch um Mirabell, denn sie ist immer noch nicht zurück. Was, wenn meine Süße den Wasserspeiern in die Hände gefallen ist? Ich zittere wie Espenlaub.

Nur einer kann helfen, und das ist Amatus. Ich muss endlich Genaueres über Amelie erfahren. Welche Rolle spielt sie? Doch es bleibt mir nichts anderes übrig, als bis zur Morgendämmerung zu warten, denn in der mondlosen Nacht finde ich mit Sicherheit den Weg zum Brunnen nicht. Quälend langsam verstreicht die Zeit. Alle paar Minuten schaue ich auf die Uhr, dann wieder aus dem Fenster, und ein paarmal gehe ich sogar nach draußen und klappere mit dem Trockenfutter. Nichts! Keine Spur von Mirabell! Ich lege mich aufs Sofa, versuche, ein paar Minuten lang weder an Mom und Dad noch an Mirabell zu denken, und konzentriere mich stattdessen auf meinen Plan. Amelie … Ich muss Amelie finden! Sie ist der Schlüssel zu allem. Könnte sie das Mädchen auf dem Foto sein?

Ich reiße das Handschuhfach auf. Ausgeräumt! Das Foto fehlt. Lediglich die leere Schokoherzentüte liegt noch drin. Wütend knülle ich sie zusammen. Das können nur die beiden Wächter gewesen sein! Weil sie verhindern wollen, dass ich Amelie finde?

Erst jetzt fällt mir auf, dass auch das Medaillon verschwunden ist. Warum denn das? Hat Amatus nicht gesagt, dass es egal ist, ob ich es trage oder nicht? Also warum …

Ich merke, dass mir vor Müdigkeit das Denken schwerfällt. Ein paarmal gähne ich noch, dann rolle ich mich mit Moms Schal auf dem Sofa zusammen und wünsche mir so sehr, dass alles wieder gut wird. Dabei muss ich wohl eingeschlafen sein, denn als ich irgendwann aus einem Traum hochschrecke, ist es bereits Morgen, zum Glück ein klarer Morgen ohne auch nur ein Fitzelchen von diesem verdammten Nebel, und ich renne sofort los, quer durch den Park. Vom Labyrinth ist nichts mehr zu sehen.

»Amatus!«, rufe ich, als ich das Rondell erreicht habe. »Amatus, Mirabell ist auch …« Verschwunden wollte ich sagen, aber das stimmt jetzt nicht mehr. Denn meine süße kleine Mirabell liegt zu Füßen von Amatus und gähnt mich an. »Hier warst du also«, sage ich, als sie vom Brunnen springt und schnurrend um meine Beine streicht. »Ich habe die ganze Nacht auf dich gewartet.«

Mirabell blickt mich unergründlich an. »Okay«, sage ich und drehe mich zu Amatus um. »Willst du hören, was ich erlebt habe?«

Ich glaube zwar, dass seine Mundwinkel zucken, aber ganz sicher bin ich mir nicht. Unauffällig blicke ich mich um. Niemand ist zu sehen. Doch weil Amatus anscheinend besonders vorsichtig ist, flüstere ich ihm zu: »Ich war gestern Nacht bei der Versammlung der Wasserspeier.« Eine Weile lang rede ich auf ihn ein, erzähle und erzähle, natürlich alles im Flüsterton. Doch Amatus schweigt beharrlich. Wenn ich es nicht besser wüsste, könnte man ihn für eine stinknormale Brunnenfigur halten. Irgendwann kommt mir ein entsetzlicher Verdacht. Hängt das womöglich mit dem verschwundenen Medaillon zusammen? Hat Amatus sich geirrt? Bleibt mir die andere Welt jetzt für immer verschlossen?

»Amatus«, flehe ich, »sag endlich was. Wo könnten meine Eltern sein? Wie finde ich Amelie? Warum ist sie so wichtig?«

Es ist zwecklos. Reine Zeitverschwendung. Wenigstens ist Mirabell wieder da, und auf dem Rückweg zum Transporter läuft sie brav neben mir her.

»Pass auf«, sage ich zu ihr, als sie sich auf das Futter stürzt, das ich ihr hinstelle. »Ich muss zur Schule. Wegen Amelie. Bestimmt kann sie mir helfen, Mom und Dad zu finden. Du verstehst?«

Mirabell frisst ungerührt weiter. Okay, anscheinend hat auch sie keine Lust, mit mir zu reden. Das ist aber kein Problem, ich muss jetzt sowieso schleunigst los. Flüchtig überlege ich noch, ob ich nach meinen Schulsachen fahnden soll, beschließe dann aber, dass es in diesem Fall auch mal ohne geht. Denn es ist bereits halb acht, und ich habe keine Ahnung, wie lange ich zur Schule brauche.

Ich leihe mir Moms kuscheligen blauen Mohairpullover aus (bestimmt hätte sie nichts dagegen), ihr Handy (nur vorsichtshalber, man weiß ja nie), fülle Mirabells Futternapf nochmals auf und mache mich dann auf den Weg. Zuerst nehme ich die Straße, die wir auch mit dem Transporter gefahren sind. Doch dann entdecke ich einen Trampelpfad, der steil abwärtsgeht, also garantiert zur Stadt führt (hoffe ich wenigstens), und sich tatsächlich als echter Glücksfall herausstellt. Denn irgendwann sehe ich nicht nur rote Hausdächer durch die Bäume, sondern auch wenige Meter vor mir ein großes, schlankes Mädchen mit Schulrucksack und Sporttasche. Sie läuft schnell, und so renne ich hinter ihr her.

»Warte mal!«, rufe ich.

Sie dreht sich um und wirft ihre langen schwarzen Haare zurück. »Was willst du?«, fragt sie misstrauisch.

»Hi, ich bin Linda, und ich geh ab heute hier zur Schule«, sage ich und strecke ihr die Hand hin. »Aber ich habe keinen Plan, wo die Schule ist.«

»Ach so.« Zögernd gibt sie mir die Hand, während sie mich mustert.

Ich lächle. »Wir sind gerade erst hergezogen. Deshalb finde

ich meine Schulsachen nicht. Die sind wahrscheinlich irgendwo ganz unten in einem Umzugskarton. Ich hoffe bloß, ich kriege nicht gleich jede Menge Stress.«

»Ich leih dir gern Heft und Kuli aus«, sagt sie und klingt mit einem Mal unheimlich freundlich. Denn mit Umzügen kennt sie sich aus, erzählt sie, in den letzten zehn Jahren sei sie fünf Mal umgezogen, von Dubai nach Amsterdam, von dort nach … Sie lacht. »Ist ja auch egal, das interessiert dich bestimmt nicht so wahnsinnig. Jedenfalls weiß ich, wie das ist. Wenn ich Pech habe, wird meine Mutter nächstes Jahr schon wieder versetzt.«

»Fände ich schade«, sage ich, und das meine ich ehrlich. Denn ich könnte mir gut vorstellen, dass wir Freundinnen werden. »Ähm, wie heißt du eigentlich?«, frage ich, als wir schließlich vor der Schule stehen, einem vierstöckigen Backsteinbau.

Sie lacht. »Amelie … Ich heiße Amelie.«

15. Kapitel

Ein bisschen Glück habe ich jetzt wirklich verdient, aber dass es so schnell ging, Amelie zu finden, überrascht mich doch. Jedenfalls ist es absolut genial, und ich überlege gerade, wie ich das Gespräch unauffällig auf die Wasserspeier bringe, als eine Frau mit bodenlangem grünen Rock und altmodischer Hochsteckfrisur auf mich zusteuert.

»Du bist neu hier? Du bist bestimmt Linda, nicht wahr? Tut mir leid, dass ich auf die Mail deiner Eltern noch nicht geantwortet habe. Das ist sonst nicht meine Art. Aber ich war auf einer Fortbildung.«

Ich nicke, während ich Amelie nachschaue, die im Schulhaus verschwindet. Frau Kragensteiner (meine Klassenlehrerin, wie sich herausstellt) scheint zwar nett zu sein, aber im Moment würde ich lieber auf sie verzichten. Und auch auf den Unterricht, denn eigentlich bin ich nur hier, um mit Amelie zu reden.

»Ups«, sage ich, als wir das Schulhaus betreten. »Mir fällt gerade ein, dass ich meine Schulsachen vergessen habe.«

»Ach was, mach dir darüber keine Gedanken, Linda. Die ersten zwei Stunden gibt es heute sowieso erst einmal unser monatliches Frühstück. Da kannst du deine neue Klasse gleich kennenlernen. Jeder hat etwas Feines von zu Hause mitgebracht. Hoffentlich hast du noch nicht gefrühstückt.«

Ob ich die Kragensteiner fragen sollte, in welche Klasse Amelie geht? Dann könnte ich in der nächsten Pause …

»Amelie, nimmst du deine neue Mitschülerin bitte mit ins Klassenzimmer?«, höre ich sie einem blonden Mädchen zurufen, das auf der Treppe sitzt und in einem Schulbuch blättert. »Ich muss noch rasch etwas für euch kopieren.«

Noch eine Amelie? Klar, damit hätte ich eigentlich rechnen müssen. Mit gerunzelter Stirn mustere ich sie. Blonde Locken passen jetzt nicht unbedingt zu meiner Suche. Auf dem Foto waren die Haare dunkel, was also heißen würde, dass diese Amelie ausscheidet. Allerdings ist noch nicht mal sicher, ob das Mädchen auf dem Foto wirklich Amelie ist. Doch warum sonst sollten die Wasserspeier es geklaut haben?

»Färbst du?«, frage ich direkt.

»Hast du sie noch alle?«

Mit einem empörten Blick springt sie auf und schlängelt sich die Treppe hoch, vorbei an einer krakeelenden Horde Fünft-

oder Sechstklässler, und ich habe Mühe, sie in dem Gewimmel nicht zu verlieren. Als ich sie endlich einhole, sage ich: »Äh, ich hab bloß gefragt, weil das so ein wahnsinnig tolles Blond ist. Da kann man sich gar nicht vorstellen, dass es echt ist.«

Okay, ist ein bisschen geschwindelt, so besonders ist ihr Blond gar nicht, aber hier geht es schließlich um wichtigere Dinge. Auf keinen Fall darf ich mir Amelie 2, wie ich sie insgeheim nenne, zur Feindin machen.

»Stimmt, das glaubt mir kaum jemand«, sagt sie geschmeichelt und fährt sich mit beiden Händen durch ihre blonde Lockenpracht. »Mein Blond ist aber so was von echt, echter geht nicht. Außerdem würden meine Eltern nie erlauben, dass ich mir die Haare färbe. Deine etwa?«

»*Never*«, sage ich und schüttle entschieden den Kopf.

Was schon wieder eine fette Lüge ist. Manchmal färben Mom und ich uns nämlich zusammen die Haare, und das ist immer unheimlich gemütlich, weil wir Tee trinken und Kekse essen und uns Witze erzählen, während die Pampe auf dem Kopf einwirken muss.

Amelie 2 nickt und schiebt mich ins Klassenzimmer. »Alle mal herhören!«, ruft sie in den Lärm hinein. »Wir haben eine Neue. Das ist …«

»Linda«, sage ich. Breit grinsend winke ich mit beiden Händen.

Zwei Stunden später bin ich satt wie schon lange nicht mehr. Bestimmt drei Mal habe ich mir von dem Müsli geholt und danach vom Kartoffelsalat und der roten Grütze mit leckerer Vanillesoße, von diversen Brötchen mit Käse und Marmelade (ich glaube, es waren vier oder fünf) mal abgesehen. Um mich herum wurde schon geflüstert, aber das war mir egal. Erstens hatte ich gewaltigen Hunger, und zweitens hat alles unheimlich gut geschmeckt. Als ich den letzten Rest roter Grütze aus der großen Schüssel gekratzt hatte (Vanillesoße war leider keine mehr da), meinte die Kragensteiner, es sollten sich jetzt alle mal vorstellen und ein bisschen was über sich erzählen, Hobbys und solche Sachen.

Natürlich ist dann das passiert, was ich befürchtet habe: Es gibt noch Amelie 3 (sehr groß und sehr dünn, dunkle Haare, ihre Eltern haben einen Bauernhof und züchten Pferde) und dann auch noch Amelie 4. Sie kommt aus Spanien, will Sängerin werden und lebt erst seit einem halben Jahr in Deutschland, was vermutlich bedeutet, dass ich sie von meiner Liste streichen kann. Damit bleiben aber immer noch genügend Amelies übrig, und ich habe wirklich keinen Plan, was ich zu ihnen sagen soll. Etwa: Amelie, wir ziehen gerade in das Schloss, von dem Donaldus dich vor dreihundertvierundsiebzig Jahren verbannt hat. Allerdings sind meine Eltern seit gestern spurlos verschwunden. Also wäre es toll, wenn du nach der Schule mitkommst und mir hilfst, sie zu finden. Und dann gibt es demnächst auch noch eine

Katastrophe. Sagt Amatus, der komische steinerne Typ auf dem Brunnen. Und dass du irgendwie was dagegen tun kannst. Oder so ähnlich, so richtig verstanden habe ich das nämlich nicht …

Mannomann! Wie psycho klingt das denn? Ich überlege hin und her, aber eine richtig clevere Idee ist nicht dabei, und dann haben wir in der dritten Stunde Mathe bei Herrn Pfeifer. Er ist erst seit Kurzem Schulleiter (hat mir Amelie 3 – das ist die Pferde-Amelie – in der Pause erzählt) und trägt immer eine Krawatte mit Zahlen und einen weißen Kittel, weil er auch noch Chemie unterrichtet. Außerdem hat er 'ne Halbglatze, einen rötlichen Bart und hellblaue Augen, die er ununterbrochen rollt, wenn jemand was Falsches sagt. Oder wenn er sich ärgert, weil es zu laut ist. Ich fürchte, er kommt aus dem Augenrollen gar nicht mehr raus.

Um mich herum wird ständig geflüstert. Amelie 2 (neben ihr sitze ich) will wissen, ob ich mich manchmal schminke und ob ich einen Freund habe, aber ich tue so, als hätte ich ihre Fragen nicht gehört. Lieber halte ich den Mund. Zwar ist der Pfeifer bis auf das Augenrollen eher harmlos (für so etwas habe ich einen Blick), aber ich bin müde, und außerdem sollte man nie die Aufmerksamkeit des Lehrers auf sich lenken, da spreche ich aus Erfahrung. Vor allem aber beschäftigt mich eine andere Frage: Wenn es allein in meiner Klasse drei Amelies gibt, wie viele werden es dann in der ganzen Schule sein? Ob es für eine solche

Rechnung vielleicht eine Formel gibt? Aber eigentlich ist das auch egal, denn es klärt nicht mein Problem. Angenommen, es gibt an dieser Schule zwanzig oder dreißig Amelies … Etwas Weißes fliegt haarscharf an meinem Kopf vorbei. Ich zucke zusammen.

Amelie 2 stößt mich an. »Pennst du? Du sollst an die Tafel.«

Ich kapiere erst, als der Junge hinter mir sich vorbeugt und einen weißen Kreidestummel auf meinen Tisch legt. Währenddessen rollt der Pfeifer ununterbrochen mit den Augen, behauptet, dass er mich bereits zum dritten Mal nach vorn bitten würde, und deutet auf die Aufgabe, die er in Schönschrift an die Tafel geschrieben hat. Ich brauche keine drei Sekunden, um zu erkennen, dass es genau die Aufgabe ist, die ich in der letzten Mathearbeit gelöst habe. Ein Planschbecken ist zu einem Drittel mit Wasser gefüllt. Wie viel Liter Wasser sind darin, wenn das ¾ volle Planschbecken 180 Liter Wasser enthält?

»Gewiss eine kleine Herausforderung für dich«, meint der Pfeifer. »Wenn es nicht klappt … nicht so schlimm. Spätestens nach einem Monat Mathematik bei mir kannst du es.«

Ich zucke mit den Schultern und gehe lässig nach vorn. »Mal sehen.«

Dann lege ich los, und es macht sogar Spaß, vor allem weil der Pfeifer, der am Pult lehnt, die Hände in den Hosentaschen, ungläubig glotzt. Nichts ist zu hören außer einem widerlichen

Quietschton, während ich das Ergebnis zwei Mal fett unterstreiche, als plötzlich eine total kitschige Schlagermelodie erklingt, irgendwas mit Aloa-hee und so. Mit einem Satz bin ich auch schon wieder an meinem Platz und reiße das Handy aus meiner Jacke, die über dem Stuhl hängt. Unbekannter Anrufer, lese ich auf dem Display. »Hallo?«, rufe ich aufgeregt. »Hallo?«

Plötzlich reden alle auf mich ein, besonders der augenrollende Pfeifer, und zwar in einer Lautstärke, dass ich den Anrufer überhaupt nicht verstehen kann. Aber ich begreife, dass Handys im Unterricht strengstens verboten sind.

»Mein alter kranker Opa ist dran«, behaupte ich, weiche dem Pfeifer aus, der mir das Handy aus der Hand nehmen will, und schlängle mich durch die Bankreihen zur Tür. Denn bei diesem Telefonat kann ich keine Zuhörer brauchen.

16. Kapitel

Das Handy ans Ohr gepresst, irre ich durch das verwinkelte Treppenhaus auf der Suche nach einem Ort, an dem ich ungestört telefonieren kann. Das bedeutet, laut schreiend, denn Amatus scheint inzwischen schwerhörig geworden zu sein. Angeblich hängt das immer noch mit seiner Auseinandersetzung mit Donaldus zusammen. Was wohl eine kleine Schlägerei war, wie ich vermute. Außerdem beschwert er sich in einem fort darüber, dass ich ihn als alten kranken Opa bezeichnet habe, gewiss sei er ein sehr alter Wasserspeier, doch krank und ein Opa sei er nun wirklich nicht.

»Beruhige dich«, sage ich, als ich mich schließlich im Heizungskeller auf eine leere Getränkekiste setze. Hier unten kann ich vermutlich schreien, so laut ich will.

»Was?«

»Ist! – Ja! – Schon! – Gut! Ich habe schon vier Amelies gefunden, Donaldus behauptet, sie sei hier in der Schule. Jetzt muss ich noch rauskriegen, welche die richtige ist. Was weißt du über sie? Woran erkenne ich sie? Kann sie mir wirklich helfen, Mom und Dad zu finden? Oder hast du noch eine andere Idee? Wo könnte ich nach ihnen suchen?«

Meine Fragen sprudeln nur so. Doch von Amatus bekomme ich keine Antwort darauf. Stattdessen sagt er mit Grabesstimme: »Bis zum Fluch waren wir die besten Wasserspeier im ganzen Land. Jeder hat uns geliebt, denn wir haben unsere Aufgabe redlich erfüllt. Doch mit den neuen Wasserspeiern machte sich eine unfassbare Bosheit und Verschlagenheit breit … Ach, es waren und es sind fürchterliche Zeiten.«

»He, Amatus, hör auf damit! Ich hab andere Probleme!«

»Entschuldige, entschuldige, ich bin etwas konfus. Du willst wissen, wer Amelie ist. Nun, Amelie ist die Marmorstatue, die hier auf dem Brunnen stand. Ich sagte dir doch, sie war die schönste und …«

Ich verdrehe die Augen, während Amatus von Amelie schwärmt. Wie schön sie gewesen sei und wie mutig. Wie sie während der Hungersnot ihren Platz auf dem Brunnen verlassen und vergeblich den Herzog um Brot für die armen Menschen angefleht habe. »Später hat sie in meinem Auftrag die Wasserspeier bei ihren Versammlungen belauscht. Denn wir wollten über ihre verbrecherischen Pläne genau Bescheid wissen. Donaldus hat sie dabei überrascht und in einen Menschen verwandelt. Sie ist die Einzige, die das Schlimmste noch verhindern kann.«

»Ich hab's kapiert«, sage ich schließlich entnervt. »Größe? Haarfarbe? Augenfarbe? Eine marmorne Figur gibt's hier in der Schule nämlich bestimmt nicht.«

Statt einer Antwort flüstert er: »Komm nicht mehr zum Brunnen. Sie beobachten mich. Warte auf meinen Anruf. Morgen. Zur selben Zeit.«

»Nein, später. Um diese Zeit bin ich in der Schule, und hier darf man nicht telefonieren. Du kannst mich heute Nachmittag anrufen. Oder von mir aus am Abend ... Hallo ...? Amatus ...? Sag mir endlich, wo ich meine Eltern suchen könnte!«

Aufgelegt!

Als es kurz darauf zur Pause läutet, stehe ich auf und stecke das Handy in die Hosentasche. Ich bin nur froh, dass ich es mitgenommen habe. Hm ... Woher hat Amatus eigentlich Moms Nummer? Doch bevor ich darüber nachdenken kann, scheucht mich der Hausmeister, der mit einem Karton Altpapier in den Keller gekommen ist, nach oben.

Womit ich absolut nicht rechnen konnte: dass die Biolehrerin bei einer Fortbildung ist und wir deshalb die nächste Stunde nochmals Mathe haben. Und dass der Pfeifer gewaltig nachtragend ist. Kaum sitze ich wieder auf meinem Platz, kommt er auch schon auf mich zu und streckt mir die Hand entgegen.

Okay, denke ich im ersten Moment, jetzt kommt also die offizielle Begrüßung durch den Schulleiter. Also wegen mir wäre das eigentlich nicht nötig, aber was soll's. Ich stehe höflich auf, schüttle seine Hand und murmle, wie großartig ich die Schule finde und dass ich in der letzten Stunde schon viel gelernt hätte.

Er rollt mit den Augen, dass sie ihm fast herausfallen. »Handy!«, sagt er. »Du gibst mir jetzt sofort dein Handy!«

Dazu habe ich nun überhaupt keine Lust. Außerdem ist es nicht meins, es gehört schließlich Mom. Aber als ich das sage, lacht der Pfeifer bloß, ein hohes, wieherndes Lachen, und ich kann nicht anders: Ich muss auch lachen. Was der Pfeifer allerdings überhaupt nicht lustig findet. Immer noch die Hand ausgestreckt, blafft er mich an: »Jetzt aber Tempo!«

Weil ich wirklich keinen Ärger will (Schulausschluss wäre eine Katastrophe, wo ich so dicht an Amelie dran bin), ziehe ich das Handy aus meiner Hosentasche.

»Warum nicht gleich so«, meint er und lässt es in die Brusttasche seines weißen Kittels gleiten. Was ziemlich komisch aussieht, weil es übersteht und die Glitzersteinchen funkeln. Aber ich verkneife mir ein Grinsen; wer weiß, was dem Pfeifer noch alles einfällt. Zum Glück wirkt er gerade ganz zufrieden, als er sagt: »Das Ding kommt in unseren Safe. Du kannst es dir in genau 4320 Minuten dort abholen.« Mit einem Händeklatschen dreht er sich um. »Wo waren wir stehen geblieben?«

Amelie 2 wirft mir einen bedauernden Blick zu. »Das sagt er immer«, flüstert sie. »Das heißt, du kriegst es in drei Tagen wieder.«

»Danke«, flüstere ich zurück.

Mit etwas Rechnen hätte ich das selbst rausgefunden, aber ich finde es nett von Amelie 2, dass sie mir helfen will. Das ist allerdings auch das einzig Positive, was es von diesem Schulvormittag zu sagen gibt. Also mal abgesehen vom Frühstück. Und dass die meisten in meiner Klasse echt nett sind. Aber das alles ist nichts gegen die Katastrophe, dass der Pfeifer mein Handy hat. Er steht vorn an der Tafel und rechnet, und ich bombardiere ihn mit giftigen Blicken. Dad hat mal erzählt, dass Indios am Amazonas auf diese Weise ihre Feinde besiegen, sie starren sie einfach stundenlang an. Aber vielleicht ist das auch bloß ein Märchen. Oder ich starre nicht heftig genug. Tatsache ist jedenfalls, dass der Pfeifer sich irgendwann gesund und munter zu uns umdreht, Moms Handy immer noch in seiner Brusttasche funkelt und mir vor lauter bösen Blicken langsam die Augen wehtun.

Mir muss dringend etwas Besseres einfallen!

17. Kapitel

Fast alle in der Klasse finden es total unfair vom Pfeifer, dass er gleich an meinem ersten Tag hier das Handy einkassiert hat. Als ich nach der Stunde nach vorn gehe und ihm sage, dass ich überhaupt nichts vom Handyverbot wusste, klatschen einige sogar. Aber der Pfeifer bleibt hart. Die Kragensteiner, die ich nach Schulschluss vor dem Lehrerzimmer entdecke und frage, was ich denn jetzt machen soll, schüttelt bedauernd den Kopf.

»Unser Schulleiter ist äußerst streng, was Smartphones und Handys angeht«, sagt sie. »Wenn du wüsstest, wie viele davon schon im Safe im Sekretariat gelandet sind. Linda, ich fürchte, du musst tatsächlich abwarten, bis die drei Tage um sind.«

»Ja, sieht ganz danach aus«, sage ich, weil sie mich forschend ansieht. »Muss ich dann wohl.«

Grinsend, als hätte ich null Komma null Probleme, drängle ich mich durch die Schülermassen hinüber in einen gläsernen

Anbau, in dem sich das Rektorat befindet. Denn so schnell gebe ich nicht auf. Zwar habe ich nicht den geringsten Plan, aber vielleicht lässt sich der Pfeifer ja doch noch erweichen. Wenn ich ihm nur klarmachen könnte, wie wichtig das Handy für mich ist. Und für meinen alten, kranken Opa. Okay, das ist jetzt nicht die Wahrheit, aber die richtige Geschichte ist noch um einiges schlimmer. Was soll ich ohne Moms Handy nur machen? Wie sonst soll ich denn mit Amatus reden, dem Einzigen, der mir helfen kann? Ehrlich, ich hatte schon mal bessere Laune als jetzt. Aufgebracht gehe ich von Tür zu Tür und lese die Schildchen: Lehrerzimmer. Erste-Hilfe-Raum. Lernmittelraum. Besprechungsraum. Rektorat. Ich will gerade klopfen, als mein Blick auf das Schildchen an der Tür daneben fällt: Sekretariat Frau Wunder.

Frau Wunder …? Hört sich vielversprechend an. Vielleicht lässt sich Frau Wunder ja überreden, ein echtes Wunder zu vollbringen, und zaubert mein Handy aus dem Safe? Weil sie es absolut unmöglich findet, wenn sie erfährt, dass mein alter und kranker Opa mich nicht erreicht und sich deshalb große Sorgen macht. Was gefährlich ist, wenn man alt und krank ist. Deshalb …

»Wartest du auf Weihnachten?«, blafft mich jemand von der Seite an.

Ich fahre herum. »He, das ist noch lange kein Grund, so

blöd …« Doch dann bleibt mir erst mal der Mund offen stehen. Paolo! Vor mir steht Paolo! Er sieht mich fragend an, und dann erkenne ich, dass es doch nicht Paolo ist, obwohl er die gleichen schwarzen Augen und schwarzen Haare hat, vielleicht ein wenig länger und nicht so lockig, und Paolo hat auch kein Grübchen am Kinn.

»Ähm …«, mache ich und klappe meinen Mund wieder zu. »Nö, ich warte nicht auf Weihnachten. Ich warte bloß auf ein Wunder.«

Der Junge stutzt, dann grinst er. »Eins zu null für dich. Ein Wunder hätte ich auch gern. Wozu brauchst du eins?«

Kurz darauf hocken wir nebeneinander auf dem lauwarmen Heizkörper vor der großen Glasfront und warten gemeinsam. Denn der Pfeifer führt gerade ein wichtiges Telefonat mit dem Bürgermeister, und Frau Wunder will erst einmal in aller Ruhe ihre belegten Brötchen essen. In einer halben Stunde sollen wir uns noch mal melden.

»Reicht dir das als Wunder? Eine halbe Stunde Aufschub?«, frage ich Jakob (so heißt der Junge). Er muss zum Pfeifer, hat er mir erzählt, aber weshalb, damit möchte er lieber nicht rausrücken.

»Blöde Sache eben«, murmelt er und kratzt sich verlegen am Kinn. »Und du?«

Ich grinse schief. »Handy«, sage ich. »Ich habe nicht gewusst, dass der Pfeifer bei Handys komplett hohldreht. Er hat es mir abgenommen, und jetzt …« Ich zucke mit den Schultern. »Na ja, für mich ist das die totale Katastrophe. Weil …«

»Weil …?«

Jakob lächelt mich an, und einen Moment lang würde ich mich am liebsten an seine Schulter lehnen und ihm alles, wirklich alles erzählen. Mit diesen Geheimnissen allein zu sein, macht mich nämlich irgendwie total fertig. Aber dann erinnere ich mich daran, was Amatus mir eingeschärft hat: Höchste Geheimhaltung! Also muss wieder die Geschichte von meinem alten, kranken Opa her. Dieses Mal schmücke ich sie ein wenig aus: Opa ist sechsundachtzig und lebt ganz allein in einem kleinen Haus am Meer, und er war früher Fischer und sein Schiff hieß Linda, weil ich seine Lieblingsenkelin bin. Aber seit einiger Zeit hat er ein schlimmes Bein und kann sich kaum bewegen. Deshalb ruft er mich jeden Tag an und …

»Jakob …?« Der Pfeifer steht in der Tür zum Rektorat und klimpert augenrollend mit einem Schlüsselbund. »Ich warte auf dich.«

Jakob will etwas erwidern, verkneift es sich dann aber doch. Als er aufsteht, flüstere ich ihm zu: »Denk an das Wunder«, und dann ist er auch schon hinter dem Pfeifer im Rektorat verschwunden. Was bestimmt auch besser ist, wer weiß, was ich noch alles über meinen erfundenen Großvater behauptet hätte.

Ich sollte mit dem Schwindeln besser aufhören. Irgendwann glaube ich womöglich selbst daran, dass es diesen Opa tatsächlich gibt.

Ich habe also jede Menge guter Vorsätze, als sich die Tür des Sekretariats öffnet. Frau Wunder, eine grauhaarige Frau mit dicker Brille und ein paar Krümeln auf ihrer blauen Strickjacke, fragt freundlich: »Du wolltest vorhin zu mir?«

Also muss noch mal die Geschichte vom Opa her (zum letzten oder vorletzten Mal, das nehme ich mir fest vor). Als ich von seinem schlimmen Bein erzähle und dass er auch im Rücken grauenhafte Schmerzen hat, schüttelt Frau Wunder mitfühlend den Kopf. »Ach, das ist ja schrecklich. Ich kenne das von meinem Schwiegervater. Vielleicht sollte es dein Opa mit Kräuterumschlägen versuchen? Man könnte aber auch …«

Bevor Frau Wunder noch mehr Vorschläge machen kann, unterbreche ich sie. »Ich weiß, was ihm helfen würde. Für Opa ist es am allerwichtigsten, dass wir jeden Tag telefonieren. Weil ich doch seine Lieblingsenkelin bin. Aber Herr Pfeifer hat mir das Handy abgenommen und in den Safe gelegt. Es hat im Unterricht geklingelt, aber ich wusste ja nicht, dass es verboten ist.«

»Manchmal könnte man meinen, unser Chef macht richtig Jagd auf Smartphones«, sagt sie empört. »Einmal hatten wir an einem Tag siebzehn Stück im Safe.« Sie zwinkert mir zu, und mein Herz macht vor Freude schon einen Stolperer. Das läuft ja besser als erwartet. Flüsternd fährt sie fort: »Wenn es nach mir ginge, würde ich dir das Handy auf der Stelle zurückgeben. Der Safe steht direkt neben meinem Schreibtisch. Aber der Chef trägt den Schlüssel immer an seinem Schlüsselbund. Leider!« Sie lauscht. »Oh, ich glaube, er hat nach mir gerufen.«

Damit rauscht sie zurück ins Sekretariat, und ich bin um eine Hoffnung ärmer. Jetzt bleibt nur noch der Pfeifer übrig. Ihn zu überzeugen, muss mir einfach gelingen. Mom sagt immer, ich sei ein Glückskind, weil ich an einem Mittwoch geboren bin. Die meisten Menschen glauben, das mit dem Glück würde auf Sonntagskinder zutreffen, aber Mom lacht dann nur und behauptet, in Wirklichkeit seien es die Mittwochskinder, die immerzu Glück haben. Daran muss ich denken, während ich vor der Glasfront stehe, mit dem Zeigefinger ein paar Herzchen auf die beschlagene Scheibe male und meiner Opa-Geschichte noch ein paar schaurige Einzelheiten hinzufüge. Opa kann nicht mehr richtig sprechen, nur ich verstehe, was er meint, und deshalb muss er unbedingt mich anrufen. So ganz erfunden ist das übrigens nicht, Uroma Adelheid hatte mal an Weihnachten vor Aufregung ihr Gebiss vergessen, und ich war die Einzige, die kapierte, dass es ein Weihnachtsgedicht war, was sie brabbelte. Aber ob ich den Pfeifer mit meiner Opa-Geschichte überzeugen kann?

Die Tür des Rektorats öffnet sich, und ich wische schnell die Herzchen weg. Jakob kommt auf mich zu.

»Und …?«, frage ich.

Er flüstert etwas, allerdings so leise, dass ich kein Wort verstehe.

Auch egal, ich muss mich jetzt nämlich schleunigst um mein eigenes Ding kümmern. »Herr Pfeifer, bitte warten Sie!«, rufe ich, als er die Tür schließen will. »Es ist wahnsinnig wichtig, dass …«

»Linda, lass dir von Frau Wunder für nächste Woche einen Termin geben«, sagt er und lächelt, als wäre alles in bester Ordnung zwischen uns. »Und sag deinen Eltern, sie müssen die Schulanmeldung noch persönlich unterschreiben.«

»Klar. Aber …«

Doch da hat er sich bereits schwungvoll umgedreht und ist im Rektorat verschwunden. Lediglich die Tatsache, dass diese Tür außen keine Klinke, sondern nur einen Knauf hat, hindert mich daran, ihm hinterherzustürmen und die Herausgabe meines Handys zu verlangen.

Also, was das Mittwochsglückskind angeht, da hat Mom sich wohl gewaltig geirrt.

18. Kapitel

Die Hände tief in den Jackentaschen vergraben, trotte ich aus dem Schulhaus. Falls meine Laune vorhin schlecht war, so ist sie mittlerweile unterirdisch. Mom sagt zwar immer, man soll niemals den Kopf verlieren und dass es für jedes Problem eine Lösung gibt, aber das ist bestimmt auch nur Elternsprech und genauso verlogen wie Mittwochsglückskind und dass der Osterhase die Eier versteckt.

»Linda!«, höre ich Jakob rufen.

Er lehnt an dem Mäuerchen beim Fahrradständer und hat anscheinend auf mich gewartet. Was wirklich nett ist, mir jetzt aber auch nicht weiterhilft. Trotzdem schaffe ich es, freundlich zu fragen: »Und? Wie lief's bei dir?«

Er zieht den Kopf ein, grinst allerdings dabei. »Eine Woche Schultagebuch führen. Finde ich aber okay. Ich hab damit gerechnet. Bei unserem alten Direktor musste man immer nachsitzen. Das war total ätzend, da schreibe ich lieber … Hey, Linda, was ist los?«

Nur eine Sekunde muss ich überlegen, dann sprinte ich die Treppe wieder hoch, zurück ins Schulhaus. Denn die Idee ist genial: Ich schlage dem Pfeifer vor, dass ich freiwillig eine Woche Schultagebuch führe, von mir aus auch zwei Wochen oder drei. Hauptsache, ich kriege Moms Handy zurück.

»Warte!«, ruft Jakob. Er ist mir hinterhergerannt und holt mich ein, als ich in den gläsernen Anbau abbiegen will. »Was hast du vor?«

Ich strahle ihn an. »Eine Woche Schultagebuch gegen ein Handy! Der Deal müsste dem Pfeifer gefallen.«

»Stopp!« Er fasst mich am Jackenärmel. Ich will mich losreißen, doch dann sehe ich, was er aus seiner Hosentasche zieht: ein pinkfarbenes Handy mit Strass-Steinchen. Moms Handy!

»Wow!«, mache ich und bin einen Moment lang total von den Socken. »Das ist jetzt aber ein echtes Wunder.« Hastig stecke ich es weg, so als könnte der Pfeifer jeden Moment um die Ecke biegen und es mir wieder wegnehmen.

»Willst du nicht wissen, wie die Sache lief?«

Jakobs Stimme klingt enttäuscht, und ich sage schnell: »Doch, natürlich! Aber ich bin gerade völlig durch den Wind. Wie hast du das hingekriegt?«

»War ganz easy! Als der Pfeifer eine Sekunde nicht aufgepasst hat, hab ich mal kurz den Safe geknackt. Falls du es genau wissen willst: Im Safeknacken bin ich Weltmeister. Deshalb muss ich ja auch Schultagebuch führen.« Als er mein verdutztes Gesicht sieht, lacht er laut auf. »Hast du mir das jetzt wirklich geglaubt?«

»Für wie blöd hältst du mich?«, rufe ich mit gespielter Empörung. »Das kann schon mal gar nicht stimmen, weil der Safe nämlich bei Frau Wunder im Sekretariat steht.«

»Er könnte aber auch durch ein Wunder ins Zimmer vom Pfeifer gewackelt sein. Es gibt nämlich Wackelsafes, und unsere Schule ist eine der wenigen, die einen besitzt.«

»Hör auf«, kichere ich und greife nach dem Apfel, den er mir hinhält. Als Friedensangebot, wie er augenzwinkernd meint. Angeblich hat er den ebenfalls beim Pfeifer mitgehen lassen, aus dessen Aktentasche sogar, und er habe auch noch eine vergammelte Banane entdeckt, aber natürlich glaube ich ihm kein Wort.

»Okay, Linda, ich geb's zu. Der Apfel liegt schon ein paar Tage in meinem Rucksack. Und die Banane war nicht vergammelt. Aber alles andere, was ich dir erzähle, ist die reine Wahrheit.«

Ich beiße von dem Apfel ab, der ein wenig schrumpelig ist. Aber das macht nichts, auch nicht, dass ich eigentlich nicht so der Apfelfan bin. Aneinandergelehnt hocken wir auf der Heizung, und Jakob erzählt, dass der Pfeifer ihm vorhin einen langen Vortrag über den Sinn der Schule gehalten hat.

Er grinst. »Ich bin fast eingeschlafen dabei. Bis ich das Handy auf seinem Schreibtisch gesehen habe. Weißt du, was es mir zugeflüstert hat? Ich will zu Linda. Bring mich zurück. Bitte, bitte, bitte. Beim Rausgehen hab ich dem Handy seinen Wunsch dann erfüllt. Ich hab's einfach eingesteckt. Und der Pfeifer hat gelabert und gelabert und überhaupt nichts gecheckt.«

Wir kichern beide, immer wieder, wir können gar nicht mehr aufhören damit. Ehrlich, am liebsten würde ich bis in alle Ewigkeit so neben Jakob auf der Heizung sitzen. Denn mit einem Mal fühle ich mich, als würden sich alle Probleme in Luft auflösen. Na ja, nicht alle vielleicht, aber das mit dem Handy hat ja schon mal funktioniert. Wäre möglich, dass Mom mit dem Mittwochsglückskind doch recht hat.

19. Kapitel

Als ich mich schließlich auf den Heimweg mache (Jakob muss seinem Vater in der Autowerkstatt helfen), bin ich immer noch gut drauf. Der Weg bergauf durch den Wald ist ziemlich steil, und weil ich renne, bin ich schon nach Kurzem außer Atem. Anscheinend hat es heftig geregnet, denn überall sind große Pfützen, und ein paarmal tappe ich voll in den Matsch. Aber das ist mir alles so was von egal.

In Gedanken bin ich nämlich immer noch bei diesem Nachmittag. Und bei Jakob natürlich. Ob er mich nett findet? Okay, ich bin jetzt nicht die totale Schönheit, ich finde, dass meine Nase ein bisschen schief ist und auf der Stirn hab ich Pickelchen, und superschlank bin ich auch nicht. Aber ich finde, dass man mich trotzdem mögen kann. Außerdem kommt es auf Äußerlichkeiten überhaupt nicht an, behauptet Mom, wichtig ist bloß, wie sich jemand verhält.

Prompt fällt mir ein, dass ich mich bei Jakob nicht mal bedankt habe. Ob er das blöd fand? Immerhin war es ganz schön mutig von ihm, einfach mal so mein Handy einzustecken. Plötzlich kommt es mir vor, als hätte er sich ziemlich schnell von mir verabschiedet. Nicht mal Handynummern haben wir ausgetauscht. Sonst könnte ich ihn anrufen und danke sagen und vielleicht ausmachen, dass wir uns auf dem Pausenhof treffen. »Toll, Linda! Das hast du mal wieder super verbockt!«, sage ich laut und kicke wütend ein paar Äste, die mitten auf dem Weg liegen, zur Seite.

Inzwischen nieselt es leicht, ich fröstle mit einem Mal, und – was viel schlimmer ist – meine gute Laune ist komplett weg. Und dann ist da plötzlich auch noch ein Knacken im Gebüsch. Ich bleibe stehen.

»Hallo …?« Ich lausche und will gerade weitergehen, als ich das Geräusch erneut höre, ein verdächtiges Knacken, als würde sich jemand heranschleichen. »Hallo?« Ich flüstere nur, denn ich fühle mich ziemlich unwohl, so ganz allein im Wald. Außerdem müsste ich doch schon längst am Schloss sein. Habe ich mich verlaufen? Kann eigentlich nicht sein, denn der verwitterte Wegweiser vorhin hat eindeutig in diese Richtung gewiesen. Oder haben die blöden Wasserspeier ihn umgedreht? Damit ich mich verlaufe und die nächsten Stunden durch den Wald tappe? Das fehlt gerade noch zu meinem Glück. Ich bin stocksauer, aber mir bleibt nichts anderes übrig: Ich stapfe weiter … Bis plötzlich etwas aus dem Gebüsch schießt, direkt auf mich zu.

»Huch!«, schreie ich. Um gleich darauf aufzulachen. »Boah, Mirabell, wo kommst du denn her?« Das kann sich keiner vorstellen, wie erleichtert ich bin. Keine fiesen Wasserspeier, die mir im Wald auflauern. Sondern Mirabell, die nach mir gesucht hat. Ich nehme sie auf den Arm, und sofort beginnt sie, laut zu schnurren. »Du Ärmste«, sage ich. »Was machst du denn hier im Wald? Hast du dich gelangweilt ohne mich? Du musst dich daran gewöhnen. Ich muss ab jetzt wieder jeden Tag zur Schule gehen.« Leises Maunzen ist die Antwort. Ich presse mein Gesicht in ihr Fell und flüstere: »Außerdem will ich in die Schule. Wegen Jakob. Der ist unheimlich süß. Aber das bleibt unser Geheimnis. Klar …?« Noch immer maunzt sie. Hört sich nach einem Ja an, würde ich sagen, und deshalb erzähle ich noch mehr von ihm.

Irgendwann stelle ich fest, dass ich mich tatsächlich verlaufen habe. Inzwischen führt der Weg nämlich bergab, wir laufen geradewegs auf einen großen Grillplatz mit Bänken zu. Durch die hohen Bäume hindurch kann ich einen lang gezogenen Wohnblock und das gelbliche Licht von Straßenlaternen erkennen und eine Ampel, die von Rot auf Grün springt. Sieht ganz danach aus, als wäre ich wieder in der Stadt gelandet. Toll!

»Du wirst mir zu schwer«, sage ich zu Mirabell und setze sie auf einer der Holzbänke ab. »Außerdem muss ich nachdenken, wer jetzt weiterhelfen könnte.« Ich ziehe Moms Handy heraus und rufe die gespeicherten Nummern auf. Aber es ist, wie ich befürchtet habe. Es sind immer noch genau drei: die von Dads Handy (das wurde allerdings schon vor einiger Zeit geklaut), meine Nummer und die vom Seniorenheim, in dem Uroma Adelheid wohnt.

»Mom telefoniert nicht gern«, sage ich zu Mirabell, die auf der Rückenlehne der Bank balanciert. »Sie findet, das ist Zeitverschwendung. Was meinst du? Soll ich die Polizei anrufen? Das ist doch jetzt ein glatter Notfall. Gleich wird es dunkel, wir haben uns verlaufen, und am besten erzähle ich den Polizisten dann auch, dass Mom und Dad verschwunden sind und …«

Von der Straße her ist lautes Knattern zu hören. Mirabell will vor Schreck ins Gebüsch fliehen, aber ich kann sie in letzter Sekunde festhalten. »Du musst keine Angst haben«, flüstere ich und drücke sie an mich.

Das Knattern kommt näher und wird lauter, und irgendwann ist mir klar, dieses Geräusch kann nur von einem kaputten Auspuff kommen. Einem sehr kaputten sogar. Ich frage mich bloß, was jemand um diese Zeit und bei dem Sauwetter hier am Grillplatz will. Würstchen braten eher nicht, würde ich sagen. Vorsichtshalber verdrücke ich mich mit Mirabell im Arm ins dichte Gebüsch, gerade noch rechtzeitig, denn ein altes rotes Moped brettert heran und kurvt im Slalom zwischen den Bänken hindurch, viermal, fünfmal, keine Ahnung, wie lange das so weitergehen soll. Was aber schon mal beruhigend ist: Nach Wasserspeier sieht es eindeutig nicht aus. Der Fahrer ist zwar nicht zu erkennen – er trägt einen Motorradhelm –, aber ich kann mir beim besten Willen nicht vorstellen, dass einer der Wasserspeier sich auf ein solches Moped setzen würde.

»Mirabell!«, zische ich, als sie sich urplötzlich aus meinem Griff windet und quer über den Grillplatz düst, haarscharf an dem Moped vorbei, das nach einem kurzen Schlenker im Gras landet. Mit angehaltenem Atem beobachte ich, wie sie auf der gegenüberliegenden Seite blitzschnell einen Baum hochklettert und dann, als sei ihr der eigene Mut nicht geheuer, auf halber Höhe sehr laut und sehr ängstlich zu miauen beginnt. Meine arme Mirabell!

Der Mopedfahrer hat sich aufgerappelt und rennt zu ihr hinüber. Jetzt ist mir alles egal, ich sprinte hinterher, überhole ihn und baue mich mit verschränkten Armen vor dem Baum auf.

»Finger weg von meiner Katze!«, rufe ich zornig.

Als der Motorradfahrer den Helm abnimmt, bin ich perplex. »Hey … Was machst du denn hier?«

20. Kapitel

Jakob starrt mich mindestens genauso entgeistert an. »Das könnte ich dich auch fragen«, erwidert er. »Mir hast du vorhin erzählt, dass du nach Hause musst. Stattdessen gehst du mit deiner Katze Gassi oder wie?«

»Mit einer Katze geht man nicht Gassi, das ist Quatsch«, sage ich, während über uns auf dem Baum kläglich gemaunzt wird. »Aber das ist jetzt nicht das Thema. Wir müssen was tun! Du siehst doch, Mirabell traut sich nicht mehr runter.«

Zum Glück traut sich Jakob hinauf. »Klettern ist nämlich mein Lieblingssport!«, ruft er, während er sich Ast für Ast nach oben hangelt und sich dabei behutsam Mirabell nähert, die, immer noch miauend, inzwischen fast in der Baumkrone angekommen ist. »Aber Moped fahren ist noch geiler! Ich hab bloß noch keinen Führerschein. Letzte Woche bin ich nachmittags auf dem Schulhof rumgekurvt. Jemand hat mich verpfiffen, und deshalb musste ich heute zum Pfeifer. So, jetzt weißt du's. Kannst du deiner Katze bitte klarmachen, dass sie mich nicht kratzen soll, wenn's gleich steil abwärts geht?«

»Mirabell kratzt nie!«, rufe ich empört. »Mirabell ist nämlich eine total liebe Katze!«

Den leisen Schmerzensschrei, den Jakob ausstößt, überhöre ich einfach mal. Und es blutet nicht mal richtig, stelle ich fest, als er kurz darauf, Mirabell im Arm, neben mir auf den Boden springt.

»Danke«, sage ich und nehme ihm die Katze schnell ab. »Das war unheimlich lieb von dir. Und danke auch noch mal für die Rettung meines Handys.«

Er grinst verlegen. »Ist schon okay. War eh keine große Sache. Äh … Was hältst du von einer dritten guten Tat heute? Ich fahr dich nach Hause. Natürlich nur, wenn du magst«, fügt er hinzu. »Vorausgesetzt, du wohnst nicht in derselben Straße wie der Pfeifer. Du weißt schon, die Sache mit dem Führerschein.«

»Nein, keine Sorge«, sage ich und kraule Mirabell am Kopf. »Wenn du meinst, das geht? Mit Katze und mir? Also dann, auf zum Schloss. Du kennst bestimmt den Weg.«

»Möchte die Prinzessin die königliche Katze auf dem Arm halten?«, fragt er, während er den langen Kratzer auf seiner linken Hand betrachtet. »Und aufpassen, dass sie den Fahrer nicht wieder schwer verletzt?«

»Kein Thema! Das kriegt die Prinzessin schon hin.«

Wir albern herum, bis wir endlich auf dem Moped sitzen. Jakob lässt den Motor an und ruft: »Jetzt mal im Ernst! Wo wohnst du?«

»Das habe ich doch gerade gesagt. Auf dem Schloss. Können wir jetzt bitte los? Mirabell wird ungeduldig.«

Jakob stellt den Motor wieder ab. »Darüber macht man besser keine Witze«, sagt er leise, während er sich zu mir umdreht. »Es ist zwar nur so eine Story, aber alle in der Gegend sind lieber vorsichtig. Es könnte nämlich schon sein, dass mit dem Schloss was nicht stimmt.«

Mit einem Mal klopft mein Herz bis zum Hals. Meine Stimme klingt heiser, als ich frage: »Was für eine Story meinst du?«

Er zögert. Als ich ihn bittend anlächle, murmelt er: »Ist ja bloß eine Story«, gerade so, als wolle er sich selbst Mut machen, und außerdem sei es schon ewig lange her, dass er die Geschichte gehört habe, und ganz genau erinnere er sich auch nicht mehr daran. Ich nicke aufmunternd, und Jakob beginnt zu erzählen. Von einer Hungerkatastrophe, die vor vielen Hundert Jahren die Menschen vor die Schlosstore getrieben habe, wo sie um Brot bettelten.

»Aber Hadwin, ich glaube, so hieß der Herzog, und seine Leute hatten ein Herz aus Stein. Sie haben die Menschen verspottet und sie abgewiesen, und diese verhungerten jämmerlich.

Doch kurze Zeit später verschwand von einem Tag auf den anderen das ganze Herrschergeschlecht. Aber sie sind nicht tot und auch nicht lebendig, so heißt es, und auch das Schloss verfällt nicht, obwohl seit Langem dort kein Mensch mehr ist. In sich zusammenfallen wird es erst in der Nacht, wenn …«

»Wenn was …?«, frage ich atemlos.

Jakob zuckt mit den Schultern. »Wenn irgendwas mit dem Pferd und dem Wagen ist. Keine Ahnung, aber eigentlich gibt es heute ja sowieso keine Kutschen mehr. Also, das ist nur eine Story, aber dort oben im Schloss soll es schon ziemlich unheimlich sein. Ich kenne jedenfalls niemanden, der bei Dunkelheit freiwillig hinaufgeht. Früher war es mal eine Mutprobe, aber dann ist angeblich jemand spurlos verschwunden und … Sag mal, zitterst du? Hab ich dir jetzt Angst gemacht?«

»Angst?« Ich schüttle den Kopf. »Ach was, mir ist bloß kalt. Ich hoffe bloß, du kriegst keine Angst, wenn ich dir sage, dass ich wirklich auf dem Schloss wohne. Na ja, noch nicht richtig, im Moment wohnen wir noch im Transporter, aber …«

Um uns herum wird es dunkel, während ich erzähle. Von der Internet-Auktion und davon, dass meine Eltern ein Hotel aufmachen wollen. Dass wir renovieren und dass das Schloss eigentlich in einem guten Zustand ist. Alles andere – Wasserspeier, die geheimnisvolle Amelie, verschwundene Eltern – erwähne ich lieber nicht. »Und?«, frage ich schließlich. »Traust du dich?«

Der Weg zum Schloss kommt mir länger vor als am Morgen. Bestimmt liegt es auch daran, dass wir eine Abzweigung verpasst haben. Wir müssen ein Stück zurückfahren, aber das macht überhaupt nichts. Ich bin vollauf damit beschäftigt, darüber nachzudenken, was Jakob mir gerade eben noch erzählt hat. Dass nämlich, wenn das Schloss in sich zusammenfällt, die steinernen Wesen schweigend durch die Stadt ziehen werden. Danach wird dort kein Stein mehr auf dem anderen sein. Dorf um Dorf, Stadt um Stadt werden die Wasserspeier so zerstören, bis die Erde nur noch ein öder Steinhaufen ist. Donaldus' Worte fallen mir ein, dass die Prophezeiung bald eintreten wird. In meinem Kopf überschlagen sich die Gedanken. Was soll ich tun? Jakob alles erzählen? Ihn um Hilfe bitten?

»So, da wären wir!«

Direkt vor der Zugbrücke hält er an und nimmt den Helm ab. Mühelos könnte er weiterfahren bis in den Innenhof, aber so ist es auch okay, finde ich. Noch immer überlege ich. Donaldus hat einen Spion erwähnt. Woher weiß ich, dass es nicht Jakob ist? Ich mustere ihn von der Seite. Nein, das kann ich mir nicht vorstellen.

»Also dann, tschüss mal«, meint er, als ich abgestiegen bin, und hebt grinsend die Hand. »Falls du mal wieder ein Taxi brauchst … Jederzeit! Mit oder ohne Katze.«

»Warte!«, rufe ich, als er das Moped startet. »Da ist noch was.

Aber du musst mir zuerst versprechen, dass du niemandem auch nur ein Wort davon …«

Ich verstumme und schaue zum Schloss hinüber, das sich gegen den Nachthimmel abhebt, dunkel, unheimlich und irgendwie bedrohlich im kalten Mondlicht. Doch das ist es nicht, was mich beunruhigt. Mein Blick ist Mirabell gefolgt, die, kaum habe ich sie abgesetzt, auch schon zum Transporter geprescht ist. Der steht auf der linken Seite vor dem Schloss …

Am Morgen stand er noch rechts.

Wie aus weiter Ferne höre ich Jakobs Stimme: »Linda? Was willst du mir sagen?«

»Nicht jetzt«, murmle ich und starre noch immer wie gebannt zum Transporter hinüber. Aus den Augenwinkeln sehe ich, wie Jakob sich schulterzuckend abwendet und losfährt. Bestimmt hält er mich für eine Zicke. »Bis morgen!«, rufe ich ihm nach, aber er hat bereits Vollgas gegeben und ist schon längst in der Dunkelheit verschwunden. Eine Weile noch stehe ich da, dann hole ich tief Luft. Mein Herz klopft bis zum Hals, als ich mich an den Wagen heranschleiche.

21. Kapitel

Natürlich frage ich mich, ob die Wasserspeier auch hier ihre Finger im Spiel haben. Aber warum sollten sie unseren Transporter umparken? Wollen sie mir damit ihre Macht zeigen? Das ist doch kindisch! Wie sollten sie überhaupt an die Autoschlüssel kommen? Soweit ich mich erinnern kann, hat Mom sie zuletzt gehabt. Es sei denn, Mom und Dad sind in der Gewalt der Wasserspeier. Nervös kaue ich auf meinem Daumennagel herum. Was soll ich bloß machen? Klar ist, ich brauche Amatus' Hilfe. Auf keinen Fall kann ich warten, bis er freundlicherweise mal wieder anruft. Also muss ich auf der Stelle zum Rondell, ob ihm das passt oder nicht.

»Da bist du ja wieder!«, rufe ich erleichtert aus, als Mirabell plötzlich um meine Beine streicht. »Wir machen jetzt noch einen Abendspaziergang. Dazu brauche ich dich, falls mal wieder das Labyrinth da ist. Ich hol mir vorher bloß noch was zu trinken.« Nichts ahnend öffne ich die hintere Ladetür des Transporters. Und traue meinen Augen nicht.

Nein, das träume ich! Das kann nicht sein!

Ich zwicke mich in den Unterarm, aber das ändert auch nichts. Der Wagen ist leer! Komplett leer! Wo sich am Morgen noch Möbel türmten und Berge von Umzugskartons und kaum ein Durchkommen möglich war, herrscht jetzt gähnende Leere. In meinem Kopf übrigens auch. Ich lehne an der Hecktür, unfähig, einen einzigen klaren Gedanken zu fassen. Was bezwecken diese verdammten Wasserspeier damit?

Keine Ahnung, wie lange ich nur dastehe. Ich komme erst wieder zu mir, als mich jemand am Arm fasst.

»Dad?«, frage ich ungläubig. »Bist du das wirklich?« Schluchzend falle ich ihm um den Hals. »Ich hab solche Angst gehabt, dass ihr …« Er klopft mir besänftigend auf den Rücken, während ich geräuschvoll in seine kratzige graue Wolljacke schniefe. »Wo seid ihr die ganze Zeit gewesen?«

»Linda-Schätzchen, regst du dich jetzt bitte mal wieder ab?«, höre ich Mom sagen. »Erklär uns lieber, wo du gesteckt hast. Geplant war, dass wir heute Nachmittag die Sachen ausräumen, aber du hältst dich einfach mal wieder nicht daran. Natürlich haben wir uns irgendwann Sorgen gemacht und dich überall gesucht. Dad ist sogar eine volle Stunde in der Stadt herumgekurvt, und spätestens morgen wären wir zur Polizei gegangen.« Bekümmert fasst sie mich am Arm. »Du kannst doch nicht einfach abhauen. Wie oft haben wir dir das schon gesagt!«

Mit offenem Mund stehe ich da und blicke von einem zum anderen. »Was? Mom, Dad, ihr wart verschwunden! Ich hab euch gesucht und …«

Am besten, ich halte ab sofort die Klappe. Denn diesen Blick, den meine Eltern einander zuwerfen, kenne ich nur zu gut. Da kann ich tausend Mal beteuern, dass ich die Wahrheit sage. Sie glauben mir ja doch nicht! Anscheinend bilden sie sich ein, ich hätte mich vor dem Ausräumen des Transporters drücken wollen und sei deshalb abgehauen. Was kompletter Schwachsinn ist, aber die beiden sind jetzt so richtig in Fahrt.

Mom seufzt. »Warum hast du nicht auf uns gewartet? Nachdem wir uns den Spiegel angeschaut hatten, ist mir eingefallen, dass wir noch einen Termin mit dem neuen Gärtner haben. Das habe ich laut und deutlich gesagt. Und wir haben dich gebeten, dass du so lange im Erdgeschoss auf uns warten sollst. Das war ausgemacht.«

»War es nicht«, knurre ich leise.

Wie meistens bei solchen Diskussionen steht es zwei zu eins. Sind Mom und Dad sich einig, habe ich keine Chance. Und es wird noch verrückter: Sie behaupten, nur ganz kurz weg gewesen zu sein. Der Gärtner sei nämlich gar nicht erschienen. Stattdessen hätten sie am verabredeten Treffpunkt einen Geheimgang entdeckt und sich den näher angeschaut. Aber sonderlich lange hätte das nicht gedauert.

»Was?«, rufe ich wütend. »Da täuscht ihr euch aber gewaltig! Mehr als einen vollen Tag wart ihr verschwunden! Da ist es ja wohl klar, dass ich mir auch mal um euch Sorgen mache. Außerdem war ich heute Vormittag in der Schule. Könnt ihr mir zur Abwechslung vielleicht mal glauben?«

Aber das kann ich mir alles sparen. Einträchtig schütteln die beiden den Kopf und werfen einander diesen Linda-ist-voll-in-der-Pubertät-Blick zu und den Linda-fantasiert-mal-wieder-Blick. Ich weiß nicht, welchen davon ich mehr hasse, genauso wie diesen langen Seufzer, den Mom ausstößt, als sie sagt, dass ich endlich mit der Lügerei aufhören soll. »Und schau mal auf die Uhr. Willst du uns im Ernst weismachen, dass du bis halb neun abends in der Schule warst?«

»Und zwar ohne Schulsachen!«, ruft Dad triumphierend. »Oder sehe ich irgendwo deinen Schulrucksack? Ohne den wolltest du ja nicht in die Schule, wenn ich mich richtig erinnere. Also, wo hast du dich bis jetzt rumgetrieben?«

Boah, das läuft eindeutig in die falsche Richtung. Zum Glück haben sie keine Ahnung von Jakob, aber das ist momentan auch schon das einzig Positive, was ich von diesem Abend sagen kann. Und dass Mom meint, wir sollten dieses Gespräch auf später verschieben und erst mal reingehen, denn wir wohnen jetzt tatsächlich im Schloss, im Erdgeschoss im linken Flügel, um genau zu sein. Wie es aussieht, haben meine Eltern in der Zwischenzeit schwer geschuftet, um unsere Zimmer einzurichten. Wobei ich finde: So viel anders als in unserer früheren Wohnung sieht es auch nicht aus. Mal davon abgesehen, dass die Zimmer größer sind und die Decken höher. Doch als ich in mein Zimmer gehe, bin ich sprachlos. Denn dort steht ein riesiges Himmelbett mit gedrechselten Pfosten und Vorhängen mit einem verblichenen Rosenmuster.

»Das haben wir in dem Raum am Ende des Geheimgangs entdeckt«, sagt Dad. »Deine Mom meint, es sei ein echtes Prinzessinnenbett. Deshalb haben wir es in dein Zimmer gestellt. Falls es dir nicht gefällt …«

»Doch«, rufe ich, »ich finde es großartig! Es ist das schönste Bett, das ich mir vorstellen kann. Das ist wahnsinnig lieb von euch.«

Ich falle den beiden um den Hals und heule sogar ein bisschen. Weil ich mich so freue (von einem Himmelbett träume ich schon lange), und weil ich auch ein bisschen traurig bin, keine Ahnung, weshalb. Jedenfalls denke ich, dass meine Eltern manchmal wirklich total nett sind. Und dass ich wahnsinnig froh bin, dass sie wieder da sind.

Später, als wir in der Küche um den großen runden Esstisch sitzen, kriege ich sogar noch ein Stück Pizza. Die hat Dad aus der Stadt mitgebracht, nach seiner »erfolglosen Sucherei« nach mir, wie er betont.

»Dann war es ja nicht ganz umsonst«, sage ich. »Schmeckt übrigens grandios. Danke, Dad, dass du an Pizza gedacht hast.«

Er grinst ein bisschen, und die Stimmung ist schon wieder so gut, dass ich überlege, jetzt vielleicht mit den richtig harten Facts rauszurücken (Wasserspeier, Prophezeiung und so), als Mom feststellt, dass beim Möbelschleppen ihr Nagellack abgesplittert ist.

»Soll ich dir die Nägel lackieren?«, frage ich. »Du sagst doch immer, ich würde das toll machen.«

Mom guckt unsicher (wahrscheinlich kann sie sich nicht daran erinnern, das je gesagt zu haben), aber nickt schließlich doch. Ich atme auf. Wenn ich weiterhin für gute Stimmung sorge, werden meine Eltern mir vielleicht auch glauben, was ich zu erzählen habe. Hoffe ich jedenfalls. Erst einmal sieht es ganz gut aus. Wir sitzen immer noch in der Küche, trinken Tee, und Dad erzählt einen Butler-Witz nach dem anderen. Ich lache und lache, obwohl er einige der Witze schon ein paarmal erzählt hat, und sogar Mom lächelt, während sie in ihrem Schminkkoffer nach der richtigen Nagellackfarbe kramt. Zu spät fällt mir ein, welches Problem dadurch entsteht.

»Mom, lass mich suchen!«, rufe ich voller Panik. Aber da ist es bereits zu spät.

»Wo ist mein Handy?« Sie nagelt mich mit ihrem Blick fest. »Wo! Ist! Mein! Handy?«

Weil ich weiß, wann ich verloren habe, gebe ich sofort auf. Mit einem Schulterzucken ziehe ich es aus meiner Hosentasche, und Mom reißt es an sich.

»Unbekannter Anrufer«, liest sie vor. »Linda? Wer ist das? Wer hat dich angerufen?«

Wenn ich jetzt Amatus, ein Wasserspeier, sage, halten sie mich vermutlich für verrückt. Also murmle ich: »Ist doch nicht mein Telefon. Woher soll ich wissen, wer dich anruft?«

Empört schüttelt sie den Kopf. Und jammert, dass sie ihr Telefon vor ihrer eigenen Tochter verstecken muss. Ich finde zwar nicht, dass sie das muss, aber wenn es sie beruhigt, soll sie es von mir aus machen. Ich gähne, und Dad guckt streng und sagt, dass ich auf der Stelle ins Bett gehen müsse und dass er mich am nächsten Morgen höchstpersönlich in der Schule abliefern werde.

»Ja, und ihr könnt dann auch gleich noch meine Schulanmeldung unterschreiben«, sage ich. »Herr Pfeifer, das ist der Direktor, braucht nämlich noch eine Unterschrift von euch. Und meine Klassenlehrerin heißt Kragensteiner. Das ist die totale Wahrheit. Zur Abwechslung könnt ihr mir ruhig mal glauben.«

Mom und Dad wechseln schon wieder einen Blick.

»Gute Nacht«, murmle ich und knalle die Tür hinter mir zu.

22. Kapitel

Als ich am nächsten Morgen aufwache, scheint mir die Sonne ins Gesicht. Gähnend schaue ich mich in meinem neuen Zimmer um und bin total glücklich; es ist nämlich wunderschön. Vom Bett aus kann ich direkt in den Park schauen, auf einen kleinen Teich, und ich stelle mir vor, dass dort im Sommer Enten herumschwimmen und mich mit ihrem Quaken wecken. Meinen Schreibtisch werde ich vors Fenster schieben und den Schrank ein Stück weiter zur Seite. Wenn erst einmal alles verstaut ist (Berge von Klamotten, Umzugskartons, zwei Wäschekörbe voller Bücher und Krimskrams), wird mein Zimmer noch schöner sein. Aber ich könnte auch einfach die Vorhänge an meinem Himmelbett zuziehen, dann sehe ich das Chaos nicht.

Während ich noch überlege (Vorhänge zu und weiterschlafen oder aufstehen und aufräumen), fällt mir ein, dass ich vielleicht endlich meinen Schulrucksack suchen sollte und dass es noch so ein paar Probleme gibt, die sich wahrscheinlich nicht von selbst lösen. Ich sage nur: Wasserspeier! Fast gleichzeitig ertönt Moms Stimme im Flur:

»Linda, jetzt aber Tempo! Wir haben verschlafen! Es ist schon halb zehn! Du musst in die Schule!«

Auf dem Weg ins Bad stoße ich mit Dad zusammen. Er ist noch im Schlafanzug, sieht total verpennt aus und meint gähnend, auf einen Tag mehr würde es jetzt auch nicht ankommen. Aber Mom bleibt bei ihrem Standpunkt: Ich muss in die Schule, und damit ich dort auch wirklich ankomme, besteht sie darauf, dass Dad und sie mich dort abliefern, und außerdem wollen sie sich unbedingt anschauen, wo ich die nächsten Jahre den größten Teil meiner Lebenszeit verbringen werde. Megapeinlich, vor allem, wenn wir mit unserem himmelblauen Umzugstransporter dort vorfahren. Ich kann mir schon vorstellen, welche blöden Sprüche ich in Zukunft zu hören bekomme. Wundert sich da noch jemand, dass ich totales Bauchgrimmen habe, als wir kurz nach zehn in die Straße zur Schule einbiegen? In zwei Minuten fängt die große Pause an, und Mom hat doch glatt vor, den Transporter auf dem Schulhof abzustellen, weil alle Parkplätze in der Nähe belegt sind.

»Schulhof …?« Dad gähnt schon wieder. »Mit dem riesigen Ding? Ich weiß nicht. Macht irgendwie keinen guten Eindruck.«

Mom zieht geräuschvoll die Luft ein. »Dann mach du einen

besseren Vorschlag. Oder sollen wir uns vielleicht in Luft auflösen?«

Wäre mir, ehrlich gesagt, gerade am liebsten. Aber Mom ist jetzt doch verunsichert, und als Dad vorschlägt, weiter hinten beim Sportplatz zu parken, ist sie sofort einverstanden.

»Ich steig hier aus!«, rufe ich, als wir vor einer roten Baustellenampel halten müssen.

Ich schlängle mich an Dad vorbei aus dem Fahrerhaus und renne los, bis zur nächsten Straße, wo ich beinahe mit Amelie 1 zusammengeprallt wäre, die mit ihrem Mountainbike schwungvoll um die Ecke biegt. Laut hupend überholt uns ein himmelblauer Transporter, aus dem Dad mit beiden Armen winkt, aber ich verziehe keine Miene.

»Hi! Wo kommst du denn her?«, will Amelie wissen und steigt vom Rad. »Ich habe oben am Wald auf dich gewartet.«

»Ähm …«, stottere ich. Doch dann, und darauf bin ich ziemlich stolz, schwindle ich nicht, sondern sage die Wahrheit: dass in dem Transporter meine Eltern saßen, die mich zur Schule bringen wollten.

»Der himmelblaue Laster eben? Der war doch megacool. Jedenfalls nicht so spießig wie die schwarzen SUVs. Mittags steht immer 'ne ganze Kolonne vor der Schule, und die armen Kiddies wissen gar nicht, in welches Auto sie einsteigen müssen.«

Okay, spießig ist unser Transporter bestimmt nicht, das gebe ich zu. Und erfahre, dass an diesem Vormittag der Unterricht erst nach der großen Pause beginnt.

»Irgendwer vom Ministerium hat sich heute die Schule angeschaut«, sagt Amelie. »Wegen Umbau oder so. Sag mal, hast du heute Nachmittag Lust auf Hallenbad? Mit Riesenrutsche und so? Da hängen auch immer ein paar Leute aus deiner Klasse in der Cafeteria herum.«

Zwar habe ich Mom und Dad versprochen, sofort nach der Schule nach Hause zu kommen und beim Streichen der Gästezimmer zu helfen. Aber das hier geht vor, finde ich. Schließlich ist es total wichtig, Freunde zu haben, und außerdem muss ich die richtige Amelie finden. Also nicke ich und grinse, als Amelie mir flüsternd verrät, dass auch ein wahnsinnig süßer Junge dabei sei. Gedankenverloren streicht sie über den Lenker ihres Mountainbikes. »Aber irgendwie geht da nichts. Ich weiß nicht, ob es an mir liegt oder an Jakob.«

Jakob? Mein Jakob? Ich spüre, wie mein Herz schneller klopft. »Wie sieht er aus?«, rutscht es mir heraus.

Als Amelie mich erstaunt ansieht und wissen will, warum mich das überhaupt interessiert, könnte ich mir auf die Zunge beißen.

»Ähm … ist ja auch egal«, murmle ich. »Du, ich muss los. Ich soll in der Pause meine Schulbücher abholen.«

Was voll der Wahrheit entspricht. Aber irgendwie ist mein Abgang gerade eben trotzdem blöd gelaufen. Als ich ins Schulhaus renne, ärgere ich mich mal wieder über mich selbst. Es ist nämlich überhaupt nicht gesagt, dass Amelies Jakob mein Jakob ist. Oder vielleicht doch? Warum ist alles bloß so kompliziert, überlege ich, als ich kurz darauf vor dem Lernmittelraum stehe, und wünsche mir ganz fest, dass es in dieser Schule mindestens so viele Jakobs wie Amelies gibt. Dann ist die Wahrscheinlichkeit gering, dass mein Jakob …

Ich stutze. Die Tür zum Rektorat ist nur angelehnt, und ich höre Stimmen, die mir sehr bekannt vorkommen: meine Eltern und der Pfeifer, der anbietet, ihnen die Schule zu zeigen. Höchste Zeit für mich zu verschwinden. Denn wer weiß, ob der Pfeifer die Sache mit dem Handy schon vergessen hat. Suchend schaue ich mich um. Mädchenklo? Besser das Lernmittelzimmer. Das ist, zum Glück, unverschlossen. Erst als ich die Tür aufreiße, fällt mir ein, dass ich nicht einmal geklopft habe. Was aber nicht weiter schlimm ist, denn hier ist niemand, auch nicht die Kragensteiner. Dafür entdecke ich auf einem der Regale einen Stapel Bücher mit einem Zettel, auf dem mein Name steht. Mathe, Englisch, Bio, Musik, Deutsch. Kann ich die Bücher einfach mitnehmen? Oder muss ich warten, bis die Kragensteiner kommt?

Es gongt zur nächsten Stunde, und ich habe gerade beschlossen, in den Unterricht zu gehen, als ich erneut die Stimme vom

Pfeifer höre. Und Mom und Dad, die vergnügt lachen. Ich habe immer noch keine Lust, ihnen in die Arme zu laufen. Und weil das vor der Tür dauern kann (ich kenne meine Eltern), verzichte ich also lieber auf die nächste Schulstunde, setze mich schließlich auf eine kleine Trittleiter und warte – und versuche, nicht an Jakob zu denken. Nicht an Amatus. Nicht an Amelie. Nicht an die schreckliche Prophezeiung, dass alles zerstört werden wird … Es ist verdammt viel, woran ich nicht denken will.

So richtig gelingt es mir auch nicht, und irgendwann ziehe ich entnervt irgendein Buch aus dem Regal. Deutsch für die fünfte Klasse. Reichlich zerfleddert zwar, aber was soll's, denke ich und schlage es auf. Vielleicht reicht es ja als Ablenkung. Fabeln … Märchen … alte Sagen … Gelangweilt blättere ich die Seiten durch. Doch dann … Die Hadwin-Sage Seite 46 … Hadwin-Sage? Die Buchstaben verschwimmen vor meinen Augen, mir fällt wieder ein, was Jakob erzählt hat, und dann begreife ich.

Endlich eine richtige Spur!

23. Kapitel

Die Hadwin-Sage

Im Dorf unterhalb eines Schlosses, das seit Jahrhunderten unbewohnt ist, aber nicht verfällt, erzählt man sich die Geschichte des grausamen Herzogs Hadwin.
Als der Winter zu warm war, das Frühjahr zu kalt und der Sommer zu nass und Hunger über das ganze Land kam, wandten sich die Menschen im Dorf in ihrer Not an den mächtigen Herzog, der auf einem stolzen Schloss über dem Tal lebte. Denn dort, das wussten sie, waren dank seiner zauberischen Kräfte die Kornkammern gefüllt, die Weinkeller voll und die Schweine fett. Doch Herzog Hadwin, dessen samtenes Wams über dem dicken Leib spannte, und seine feisten Söhne lachten die Bittsteller aus und verspotteten sie und warfen vor ihren Augen feinste Pasteten in den Dreck, in dem sich die Schweine suhlten.

»Eher werden wir zu Stein, bevor ihr Nichtsnutze auch nur eine Brosame von uns bekommt!«, rief der Herzog aus.
Mit funkelnden Augen trat eine alte Frau vor. Nur drei Worte sprach sie: »So geschehe es!« Und die Hungernden wankten zurück in ihr Dorf, wo sie alsbald elendiglich starben.
Noch einen Sommer lang prassten der Herzog und seine Söhne, doch dann waren sie von einem Tag auf den anderen verschwunden. Denn der Fluch der Alten hatte sich erfüllt. Der Herzog und seine Söhne waren zu furchterregenden steinernen Wasserspeiern geworden, nicht tot und nicht lebendig, und die Prophezeiung sagt, dass sie immer noch böse und mächtig genug sind, sich eines fernen Tages an den Menschen zu rächen. Dieser Tag wird der Tag sein, an dem der …

»Linda? Was machst du denn hier?«

Ich zucke zusammen. Das Buch rutscht von meinen Knien, und ich lächle die Kragensteiner verlegen an.

»Ist irgendetwas?«, fragt sie besorgt. »Du glühst ja.«

Hastig streiche ich mir die Haare aus der Stirn, die schweißnass ist. Es fällt mir schwer, einen klaren Gedanken zu fassen.

»Soll ich dich nach Hause bringen?«

»Nein … Es ist bloß, weil ich vorhin so gerannt bin. Ich wollte meine Bücher abholen. Sie haben doch gesagt …«

»Ja sicher, deshalb bin ich ja jetzt in der Pause schnell hergekommen. Dort drüben liegen deine Bücher. Du musst auf meiner Liste nur noch quittieren, dass du sie erhalten hast.«

Krakelig unterschreibe ich. Immer wieder schiele ich zu dem Deutschbuch, das sie mittlerweile vom Boden aufgehoben und zurück ins Regal gestellt hat.

»Ähm … kann ich mir das mal ausleihen?« Meine Hand zittert, als ich auf das Buch deute. »Ich bringe es morgen wieder zurück.«

Lächelnd nickt sie. »Es ist allerdings für die fünfte Klasse. Aber das hast du wahrscheinlich schon bemerkt. Wenn du möchtest, kannst du es gern behalten. Es ist ein altes Deutschbuch und schon lange ausgemustert. Ich sehe gerade, wir haben sowieso noch einige weitere Exemplare davon.«

Mit dem Buch in der Hand bin ich schon an der Tür, als mir einfällt, dass ich mich noch nicht mal bedankt habe. »Danke!«, rufe ich. »Und …« Irritiert verstumme ich. Aber als ich mich hastig umdrehe, ist da nichts. Nur die Kragensteiner, die mich freundlich anlächelt.

»Linda, bist du sicher, dass alles in Ordnung ist? Willst du deine Schulbücher nicht mitnehmen?«

»Logo«, murmle ich und greife nach den Büchern, die sie mir entgegenstreckt. Eines rutscht mir vom Stapel, und ich bücke mich mit hochrotem Kopf. »Mir geht's super. Ehrlich. Das ist jetzt bloß, weil …«

Der laute Gong zur nächsten Stunde rettet mich. Mannomann, bin ich froh, dass ich mir nicht die nächste Opa-Geschichte einfallen lassen muss. Denn ich finde die Kragensteiner echt nett (also für eine Lehrerin) und ich würde sie ungern anschwindeln.

Nur kurz checke ich die Lage draußen vor der Tür. Dann verschwinde ich auf dem Mädchenklo, wo ich mit fliegenden Fingern das alte Deutschbuch auf Seite 46 aufschlage. Um es gleich darauf wütend wieder zuzuschlagen.

Denn die nächsten Seiten sind herausgerissen.

24. Kapitel

Egal, wie lange ich hier noch auf dem Klo sitze und das Buch auf meinen Knien anstarre: Wenn das alles stimmt, was ich bisher erfahren habe, wird das Schloss in sich zusammenfallen. Womit Mom und Dad ihren Traum vom Schlosshotel begraben können. Was total schade wäre für die beiden und mir gerade auch überhaupt nicht passt. Auf gar keinen Fall will ich nach Australien, klar, vor allem wegen Jakob, und weil ich endlich eine richtige Freundin finden will (wenn das mit Amelie 1 hinhauen würde, wäre das toll). Und dass die Wasserspeier Unheil über die ganze Menschheit bringen, möchte ich natürlich auch nicht.

Aber was kann ich dagegen unternehmen? Ich habe das dumme Gefühl, dass überall dicker Nebel wabert und ich wie blind darin herumirre, während sich über mir etwas zusammenbraut. Entschlossen klappe ich das Buch zu. Amatus muss endlich Klartext reden. Jede Wette, er ruft zur gleichen Zeit wie gestern wieder an. Dieses Mal werde ich mir kein Geschwätz mehr anhören. Ich muss wissen, wie die Sage weitergeht. Doch dazu brauche ich Moms Handy, das in ihrem Kosmetikkoffer liegt.

Also muss ich auf diesen Schulvormittag verzichten, aber die Rettung des Schlosses und vielleicht der gesamten Menschheit hat schließlich Vorrang. Ich springe auf und öffne vorsichtig die Tür zum Korridor. Niemand in Sicht, zum Glück. Wenn ich mich beeile, schaffe ich es, rechtzeitig an Moms Handy zu kommen. Wenn ich mir dann noch ein Exemplar des Deutschbuches besorge … Wenn jetzt plötzlich Jakob mit seinem Moped auftauchen würde … Wenn, wenn, wenn … Irgendwie ist dieser Tag nicht mein Tag. Denn wer stattdessen, nur wenige Meter vor der rettenden Eingangstür, vor mir auftaucht, ist der Pfeifer. Zu behaupten, dass er freundlich guckt, als er mich sieht, wäre gewaltig übertrieben.

»Hm …«, mache ich und überlege gerade, ob ich mich an ihm vorbei zur Tür schlängeln und dann über den Schulhof flüchten soll (schneller als er bin ich auf alle Fälle), als auch noch Mom und Dad auf mich zukommen. Was machen denn meine Eltern immer noch hier?

»Warum bist du nicht im Unterricht?«, will der Pfeifer wissen, und wie ein Echo wiederholen Mom und Dad seine Frage. Gerade so, als sei ich schwerhörig, und man müsste alles dreimal zu mir sagen.

»Ich hab gerade meine Schulbücher abgeholt«, murmle ich. »Jetzt geh ich in den Unterricht.«

Das entspricht im Großen und Ganzen der Wahrheit. Ich habe nämlich gerade eben meinen ursprünglichen Plan spontan umgestoßen. Wie es aussieht, wird es heute mit dem Handy ohnehin nichts werden.

»Aha«, sagt der Pfeifer, »du behauptest also, du hättest deine Schulbücher geholt. Die sind jetzt wo? Ich sehe nichts!« Vielsagend nickt er Mom und Dad zu, und die beiden nicken bekümmert zurück. Großartig! Sieht ganz danach aus, als würden sich alle sehr gut verstehen. »Keine Bücher! Kannst du uns das erklären?«

Wie gesagt, es ist wirklich nicht mein Tag. Siedend heiß fällt mir ein, dass ich die Schulbücher im Mädchenklo vergessen habe. Augenrollend und mit erhobener Stimme fährt der Pfeifer fort: »Des Weiteren bist du allem Anschein nach auf dem Weg aus dem Schulgebäude hinaus und eindeutig nicht zu deinem Klassenzimmer im dritten Stock.«

Zu viert stehen wir da: ich mit zusammengepressten Lippen, der Pfeifer, der wie wild mit den Augen rollt, Mom und Dad, die mich sorgenvoll mustern.

»Linda-Schätzchen«, murmelt Mom und legt mir den Arm um die Schultern. »Was ist nur los mit dir?«

Wäre der Pfeifer nicht dabei gewesen, hätte ich in diesem

Augenblick vielleicht alles erzählt. So aber starre ich schweigend nach draußen, wo ein Windstoß eine bunte Plastiktüte über den Schulhof treibt und sich ein paar Spatzen um Brotkrümel zanken.

»Ach, Linda-Schätzchen«, seufzt Mom, und am liebsten würde ich ebenfalls seufzen. Es tut mir nämlich total leid, dass sie wegen mir so unglücklich ist.

Der Pfeifer hüstelt und meint, wenn es so weitergehe, müsse man wegen mir demnächst eine Klassenkonferenz einberufen, was er persönlich bedauern würde, denn das sei kein schöner Start in mein neues Schulleben. Noch eine Weile lang redet er weiter, aber ich höre gar nicht mehr zu. Dad anscheinend auch nicht, denn ich sehe, wie er ein paarmal verstohlen gähnt. Doch dann stoppt der Redefluss vom Pfeifer schlagartig. Mit offenem Mund steht er da, während aus Moms Handtasche ein sehr lautes und fröhliches Aloa-hee erklingt. Und als sie ihr pinkfarbenes Handy herauszieht, vergisst der Pfeifer für einen Moment sogar sein Augenrollen, und ich kann mir gerade noch ein Grinsen verkneifen. Jede Wette, er fragt sich ernsthaft, ob er im richtigen Film ist.

»Hallo?«, fragt Mom. »Ach, Sie sind das, Herr Amatus, wie nett, von Ihnen zu hören.« Sie verzieht das Gesicht und ruft: »Ich habe gesagt, wie nett, von Ihnen zu hören, Herr Amatus!« Sie flüstert dem Pfeifer zu: »Das ist jemand, der bei uns als Gärtner arbeiten will.« Mit lauter Stimme ruft sie ins Telefon: »Schade, dass wir uns im Schloss verpasst haben ... Ja, wir haben eine ganze Weile auf Sie gewartet ... Nein, so schlimm war das nicht. Wir haben uns dann nämlich den Geheimgang angeschaut ...«

Kein Wunder, dass sie so schreit, Amatus ist seit Neuestem ja schwerhörig. Aber Moment mal ... Warum gibt er sich als Gärtner aus? Warum wollte er sie treffen? Warum hat er mir kein Wort davon gesagt? Wäre es möglich, dass er etwas mit ihrem Verschwinden zu tun hatte? In meinen Ohren dröhnt es, und ich merke, wie mir plötzlich schwindlig wird ...

»Komisch«, höre ich Mom sagen. Schulterzuckend lässt sie das Handy wieder in ihrer Tasche verschwinden. »Aufgelegt.«

Wie eine Schlafwandlerin tappe ich kurze Zeit später hinter meinen Eltern her zum Sportplatz, wo unser Transporter steht. Mit dem Pfeifer haben sie sich geeinigt, dass ich ein paar Tage zu Hause bleiben und mich erholen soll. Dann würde man weitersehen. Was auch immer das heißen mag. Ist mir eigentlich auch egal. In einer Endlosschleife denke ich über Amatus nach. Amatus, der mich angelogen hat. Amatus, der Verräter. Erst als wir an der Schule vorbeifahren, fallen mir die blöden Schulbücher auf dem Mädchenklo wieder ein.

»Ich muss mal«, murmle ich. »Können wir halten?«

»Linda-Schätzchen«, sagt Mom und gibt Gas. »Du bleibst schön hier. Und was alles andere betrifft: Dir macht nur die

Umstellung ein bisschen Probleme. Alles wird gut werden, glaub mir.«

Da bin ich mir nicht sicher, aber weil sie und Dad lange Gesichter machen, nicke ich schließlich. »Klar, alles wird gut«, murmle ich. »Ganz bestimmt.«

25. Kapitel

Die alte Standuhr, die Dad auf dem Speicher entdeckt und in die Eingangshalle gestellt hat, schlägt zwölf Mal. Es ist Mittag, aber ich liege in meinem Prinzessinnenbett und trinke literweise scheußlichen Lindenblütentee, damit Mom, die alle paar Minuten den Kopf ins Zimmer steckt und wissen will, wie es mir geht, endlich zufrieden ist.

»Ich glaube, ich schlafe ein bisschen«, sage ich bei ihrem nächsten Kontrollbesuch. »Ich bin schrecklich müde.«

Sie strahlt mich an. Sie glaubt nämlich fest daran, dass man sich gesund schlafen kann. »Das ist eine hervorragende Idee. Mach das, Linda-Schätzchen!« Immer noch strahlend, stellt sie mir die nächste Kanne heißen Lindenblütentee hin (es ist die vierte) und zieht die Vorhänge zu. Sie beugt sich zu mir herunter, streicht mir behutsam eine Strähne aus dem Gesicht und flüstert: »Schöne Träume.«

Auf Zehenspitzen verlässt sie das Zimmer, und ich bin allein und krabble sofort aus dem Bett. Schöne Träume! Von wegen! Ich habe alle Hände voll zu tun, damit hier nicht ein Albtraum Wirklichkeit wird. Ein Albtraum, der noch um einiges bedrohlicher ist, seitdem mir klar ist, dass Amatus ein falsches Spiel spielt.

Weil ich diese Probleme nicht so einfach lösen kann, arbeite ich lieber die To-do-Liste ab, die ich mir überlegt habe, während ich eine Tasse Lindenblütentee nach der anderen trinken musste.

Erstens: meine PIN. Einen letzten Versuch habe ich noch und mittlerweile auch eine ungefähre Idee. 2221? Oder war es 2122? Minutenlang hocke ich auf dem Fußboden, vor mir mein totes Handy, das ich anstarre, als wäre dort die Antwort verborgen. 2221? … 2122? … Oder 1222? Irgendwann gebe ich auf.

Dann eben Punkt zwei meiner To-do-Liste. Das alte Deutschbuch. Ich brauche unbedingt ein komplettes Exemplar. Denn wenn ich das Ende der Sage kenne, wird sich auch der verdammte Nebel um mich herum lichten. Hoffe ich wenigstens. Ich muss also unbedingt und möglichst schnell in die Schule.

Momentan allerdings auf gar keinen Fall, stelle ich fest, als ich den Vorhang behutsam zur Seite schiebe und nach draußen spähe. Denn meine Bewacher (Mom und Dad) haben es sich draußen auf Liegestühlen bequem gemacht und genießen die Herbstsonne. Vorsichtig ziehe ich den Vorhang wieder zu. Dann eben Punkt drei meiner Liste: endlich aufschreiben, was ich mit

Sicherheit weiß. Viel ist es nicht, befürchte ich. Was von dem, was Amatus mir erzählt hat, ist überhaupt wahr?

Fünf Umzugskartons wühle ich durch, bis ich endlich auf einen funktionierenden Kuli und einen Stapel Hefte stoße. Im Schneidersitz hocke ich auf dem Fußboden und blättere eins nach dem anderen durch, Erinnerungen ploppen auf, schöne und weniger schöne. Doch dann, als ich mein Mathe-Klassenarbeitsheft in der Hand halte, stutze ich. Linda G., habe ich mit verschnörkelten Buchstaben auf den giftgrünen Schutzumschlag geschrieben, und darunter 2-2-2-1. Jetzt fällt es mir wieder ein. Die Metternich, unsere Mathelehrerin, wollte wissen, ob ich mit diesen Noten nicht viel zu optimistisch wäre, aber ich habe nur gegrinst. In Wirklichkeit handelt es sich natürlich um meine PIN, aber das hat Frau Doktor Metternich nicht geblickt.

Ich tippe die 2221 ein. Klappt. Ich hole tief Luft. Und kriege gleich darauf Schnappatmung, als ich sehe, wie viele Nachrichten Paolo mir geschickt hat:

Hi, wie geht es dir? – Ohne dich ist es total langweilig! – Sehen wir uns mal wieder? – Hast du Skype? – Hi, du fehlst mir – Warum schreibst du nicht zurück? – Bist du sauer? – Rufst du mich mal an? …

Und so geht das endlos weiter. Bis vorgestern, da schreibt er: *Schade! Ich habe dich nämlich toll gefunden. Aber wenn du nicht willst … Mach's gut!*

Ich schlucke. Vor einiger Zeit wäre ich noch ausgeflippt, hätte sofort geantwortet, ihm vielleicht sogar mein letztes Gedicht über die Liebe geschickt. Aber jetzt gibt es Jakob. Und dazu noch einen Haufen Probleme, die ich dringend lösen muss. Draußen sind mittlerweile dunkle Wolken aufgezogen, und Mom und Dad haben ihren Beobachtungsposten endlich aufgegeben. Der Weg ist also frei.

Kunstvoll drapiere ich Klamotten und Kissen zu einer Gestalt, lege eine Decke darüber und ziehe die Bettvorhänge zu. Und hoffe, dass Mom meinen Gesundheitsschlaf nicht stören wird. Gerade habe ich meine Sneaker zugebunden, als das Klappern von Moms Absätzen zu hören ist. Sekunden später öffnet sich die Tür. Mit einem Satz bin ich wieder im Bett und unter der Decke.

»Linda?«, flüstert Mom, als sie den Bettvorhang einen Spaltbreit zur Seite schiebt. »Schläfst du?«

»Was'n los?«, brumme ich verschlafen.

»Dad und ich wollen die Figur auf dem Brunnen abschlagen. Und dann in den Baumarkt fahren, schauen, ob wir was Hübsches als Ersatz finden. Schätzchen, nicht, dass du dir wieder Sorgen machst, weil wir unterwegs sind.« Sie flüstert immer noch. Dass ich hellwach bin, hat sie zum Glück nicht bemerkt.

»Mach ich nicht. Ich bin müde, ich schlaf weiter. Gute Nacht … «

Keine fünf Minuten später beobachte ich meine Eltern, wie sie eine verrostete Schubkarre voller Werkzeug durch den Park schieben. Tja, Amatus, das war's dann wohl, denke ich mitleidlos. Das ist die gerechte Strafe für deinen Verrat.

Kurz warte ich noch (vorsichtshalber, falls meine Eltern irgendetwas vergessen haben), dann öffne ich meine Zimmertür und husche zur Eingangshalle, wo es mit den Ohrensesseln und kleinen runden Tischen inzwischen schon ein bisschen nach Schlosshotel aussieht. Ziemlich edel, aber auch irgendwie gemütlich. Doch als ich auf dem Tresen an der Rezeption das schwarze Telefon entdecke, schlägt mein Herz bis zum Hals. Jedoch nur für einen klitzekleinen Moment.

»Ich habe überhaupt keine Angst mehr!«, rufe ich wütend. Mit voller Wucht knalle ich die Eingangstür hinter mir zu. Sollen den bescheuerten Wasserspeiern doch die Ohren abfallen! Kurz darauf, wenige Meter nach der Zugbrücke, stelle ich fest: Der Tag könnte doch noch ein echter Glückstag werden. Denn an einem verwitterten Mauerstück lehnt ein altes Moped, das mir sehr bekannt vorkommt. Wieder schlägt mein Herz bis zum Hals. Doch dieses Mal ist es ein irre tolles Gefühl.

»Jakob?«, rufe ich.

Keine Antwort.

»Jakob …?«

An einem anderen Tag hätte ich vielleicht gewartet, doch jetzt gerade habe ich absolut keine Zeit für Versteckspiele. Noch einmal blicke ich mich suchend um, dann renne ich los, den schmalen Pfad hinunter, den ich auch am ersten Tag genommen habe. Keine Menschenseele begegnet mir, niemand holt mich ein, auch nicht Jakob. Immer wieder stoppe ich kurz, lausche, ob nicht doch ein vertrautes Knattern zu hören ist. Aber da ist nichts, still ist es im Wald, nicht einmal ein Windhauch ist zu spüren. In meinem Kopf dagegen geht es rund. Natürlich frage ich mich schon, warum Jakob zum Schloss gefahren ist. Es gibt mehrere Möglichkeiten. Eine, die ich mir so sehr wünsche, aber auch eine, die mir Angst macht. Denn noch immer habe ich Donaldus' Stimme im Hinterkopf, wie er von einem Spion geredet hat. Woher kann ich wissen, dass es nicht Jakob ist? Mich fröstelt plötzlich. Wem kann ich überhaupt trauen? Wer sagt die Wahrheit?

Als ich im Lernmittelzimmer stehe, hält das Karussell in meinem Kopf endlich an. Um kurz darauf wieder von Neuem zu beginnen, heftiger als zuvor. Schon auf den ersten Blick sehe ich, dass etwas nicht stimmt. Dort, wo noch am Vormittag die ausgemusterten Deutschbücher standen, grinst mir jetzt ein leeres Regalbrett boshaft entgegen.

26. Kapitel

Natürlich gebe ich nicht sofort auf. Ein paar Exemplare des Deutschbuchs müssen noch da sein; also werde ich sie auch finden. Wie auf Autopilot durchsuche ich sämtliche Regale im Raum und zwei große Kartons mit Altpapier, bis mir die Augen tränen und mein Nacken steif ist. Doch noch ein allerletztes Mal schaue ich mich suchend um. Vielleicht höre ich deshalb die klackernden Schritte auf dem Flur zu spät. Geistesgegenwärtig will ich noch das Licht ausknipsen, habe auch schon die Hand am Schalter, als die Tür aufgeht.

»Linda?« Frau Wunder starrt mich überrascht an. »Was machst du denn hier?«

»Ich hole bloß meine Schulbücher ab. Heute Vormittag habe ich sie vergessen.«

»Aber doch nicht um diese Zeit!« Frau Wunder schüttelt den Kopf. »Um achtzehn Uhr! Außerdem liegen deine Bücher im

Sekretariat. Jemand hat sie auf dem Mädchenklo gefunden und den Zettel mit deinem Namen entdeckt.«

»Ach so«, sage ich. Es klingt nicht sonderlich intelligent, aber mir fällt gerade wirklich nichts ein.

Frau Wunder lacht. »Meine beiden Jungs waren früher genauso schusselig. Du kannst übrigens von Glück reden, dass ich zufällig den Lichtschein gesehen habe. Ansonsten hätte ich die Schule abgeschlossen. Dann ist die Alarmanlage in Betrieb, und was passiert, wenn jemand versucht, eine Tür zu öffnen, das kannst du dir bestimmt vorstellen. Hm, was machen wir denn jetzt mit dir?«

»Ich geh wieder heim.«

»Bei diesem Sauwetter? Ich fahre dich.«

Was mein Glück ist. Denn seit über einer Stunde tobt ein heftiger Herbststurm, erzählt mir Frau Wunder, als wir mit aufgeblendeten Scheinwerfern langsam die Straße entlangrollen. Überall liegen heruntergefallene Äste, immer wieder müssen wir im Zickzack fahren, und ich bin ziemlich froh, als wir endlich vor dem Schlosseingang halten. Vergeblich habe ich versucht, von Frau Wunder irgendetwas über das Schloss oder die Sage zu erfahren. Sie wohnt erst seit ein paar Monaten in der Stadt und hat, wie sie meint, noch keine Zeit gehabt, das Schloss zu besichtigen. »Das wird sich ändern, sobald euer Hotel eröffnet. Das will ich mir unbedingt anschauen.«

Ich stehe am Eingang und winke ihr nach, bis die Rücklichter des Autos in der Dunkelheit verschwunden sind. Noch immer pfeift der Wind. Im oberen Stockwerk klappert ein Fensterladen, der sich losgerissen hat. Wolken jagen über den Himmel, für Sekunden ist immer wieder ein bleicher Mond zu sehen. Aber nicht das ist es, was mich beunruhigt. Ich frage mich, warum unser Transporter nicht im Hof steht. Warum Mom und Dad anscheinend immer noch nicht aus dem Baumarkt zurück sind. Und vor allem frage ich mich, warum im Obergeschoss an einem der Fenster eine große weiße Kerze brennt.

Meine Finger zittern, als ich die Eingangstür aufschließe. Reglos verharre ich in der finsteren Halle und lausche angespannt. Nicht weit entfernt tickt die Standuhr. Das Ticken wird langsamer, als würde die Uhr endlos Anlauf nehmen, und dann endlich ertönen ihre dumpfen Schläge. Zwölf. Ich habe genau mitgezählt. Und erschrecke. Denn niemals kann es bereits Mitternacht sein. Geisterstunde. Oder doch? Ein eisiger Luftzug streift mich, und mich schaudert. Ich will in mein Zimmer rennen, die Tür verriegeln, mir die Decke über den Kopf ziehen. Stattdessen werde ich von einer unsichtbaren Kraft hinüber zu der schmalen Steintreppe gezogen, und mir wird klar: Ich bin wieder in einer anderen Welt. Ein mattes Licht leuchtet mir den Weg, als ich die Stufen hinaufsteige bis zur Wand mit der zerschlissenen grüngelben Seidentapete. Dieses Mal weiß ich sofort, wie die Tapetentür zu öffnen ist. Und ich weiß noch mehr.

Gebückt, mit angehaltenem Atem, schleiche ich nach vorn zur Brüstung. Ein kurzer Blick genügt: Alles ist wie beim letzten Mal. Weiße Perücken, rote Umhänge … Allerdings (ich riskiere einen weiteren Blick) sind es dieses Mal wesentlich weniger Wasserspeier, die schweigend dort unten sitzen, während einer von ihnen aufsteht und humpelnd die große weiße Kerze mitten auf die Bühne stellt.

»Es wird sich erfüllen!«, ruft eine Fistelstimme. »Wie es die Prophezeiung vorherbestimmt hat! Jahrhunderte des Wartens neigen sich in Bälde ihrem Ende zu! Unser nächstes Ziel wird ein großes sein!«

Freudiges Gemurmel ertönt, dann herrscht wieder Schweigen. Immer wieder spähe ich nach unten, wo einer nach dem anderen die Perücke ablegt und den Umhang. Warum nur ist es so still im Saal?

»Die kleine Spionin versucht vergeblich, sich zu verstecken!«, höre ich plötzlich die Fistelstimme höhnisch rufen. Wie schwerfällige Roboter drehen sich die steinernen Gestalten um, heben die Köpfe und starren zu mir hoch. Wie gelähmt starre ich zurück. Ich blicke in Fratzen, von flackerndem Kerzenschein teuflisch verzerrt.

»Wer hat dir erlaubt, unserer Versammlung beizuwohnen?« Die Fistelstimme, ein hageres Wesen mit unglaublich lang gezogenem Kopf, bösartig hervorquellenden Augen und schiefem

Maul, zeigt mit seinen Klauen auf mich. »Fürchtest du die Strafe nicht? Weißt du dummes Menschenkind denn nicht, was du da tust?«

»Doch! Weiß ich sehr wohl!«, gebe ich aufgebracht zurück.

Irgendwie gelingt es mir, keine der Gestalten dort unten genauer anzuschauen; stattdessen richte ich meinen Blick starr auf die Kerze, die langsam herunterbrennt. Meine Knie zittern, meine Stimme wahrscheinlich auch, aber so richtig Angst habe ich nicht. Eher bin ich wütend, dass diese miesen Typen uns das Leben schwer machen. Also mir vor allem. Mom und Dad ahnen ja nichts davon. Am liebsten würde ich laut schimpfen, aber dann fällt mir zum Glück das Streitschlichterseminar an meiner früheren Schule wieder ein. Konflikte auf keinen Fall anheizen, habe ich dort gelernt. Deshalb bemühe ich mich um ein freundliches Lächeln, als ich sage: »Ich bin hier, weil meine Mom und mein Dad das Schloss gekauft haben. Es ist also unser Schloss. Damit seid ihr unsere Untermieter. Was das heißt, müsste euch ja wohl klar sein. Miete und solche Sachen eben. Da dachte ich, man könnte sich mal kennenlernen.«

Wow! Das sitzt. Wer von den Wasserspeiern nicht sowieso schon ein scheußlich weit aufgerissenes Maul hat, der kriegt jetzt Schnappatmung. Aber einer meint doch tatsächlich: »Das Mädchen hat recht. Man muss sich kennenlernen.«

»Wir möchten gut mit euch auskommen!«, rufe ich (okay, entspricht nicht der Wahrheit, vor allem, was mich betrifft). »Über die Miete können wir auch noch reden. Aber ihr müsst eure bescheuerten Pläne aufgeben. Das Schloss darf nicht zerstört werden. Und die Welt auch nicht. Das lassen wir nicht zu. Niemals!«

Ein dumpfes Grollen ertönt im Saal, immer lauter und unheimlicher wird es, und ich möchte mir die Ohren zuhalten, doch mit einem Mal kann ich mich nicht mehr bewegen. Auch nicht, als die Geräusche langsam verebben. Das Letzte, was ich sehe, ist die Kerzenflamme, die mit einem dünnen Rauchfaden erlischt. Dann wird es dunkel um mich herum.

27. Kapitel

Als ich wieder zu mir komme, liege ich in meinem Bett, und Mom steht am Fenster und telefoniert mit leiser Stimme. »Gerade wird sie wach«, höre ich sie flüstern. »Ja, es geht ihr gut.«

Ich richte mich auf und blinzle in das helle Sonnenlicht. »Wer war das? Wie spät ist es? Warum bin ich …?«

Mom lacht, als sie sich auf die Bettkante setzt. »Linda-Schätzchen, so viele Fragen auf einmal. Also, Uroma Adelheid hat sich erkundigt, wie es dir geht. Und es müsste circa halb elf sein, vormittags. Zufrieden?«

»Falls du wissen möchtest, wie du gestern Nacht ins Bett gekommen bist …« Dad, ein kariertes Küchenhandtuch über der Schulter, steht plötzlich in der Tür. »Du bist einfach so in der Halle eingeschlafen. Also hat das Personal dich mit vereinten Kräften ins Bett geschleppt.« Er grinst breit. »Das war echte Schwerstarbeit für deine armen Eltern!«

Geschickt weicht er dem Kissen aus, das ich nach ihm werfe. »Jetzt klärst du uns bitte auf, warum Halle und nicht Bett. Verstehe ich nicht. Vor allem, wenn es sich um ein so wunderschönes Bett handelt.«

»Weil …« Ich zögere. Meine Eltern schauen mich erwartungsvoll an, aber ich fürchte: Sie werden mir wieder nicht glauben.

»Möchtest du erst mal eine Tasse Lindenblütentee?«, fragt Mom.

Ich schüttle den Kopf. »Also, das war so …«

Ich hole tief Luft, dann erzähle ich. Davon, dass ich seit einiger Zeit in Welten unterwegs bin, von denen sie nicht einmal etwas ahnen. Von unheimlichen nächtlichen Anrufen, von geheimen Zusammenkünften der Wasserspeier und ihren zerstörerischen Plänen, vom Saal hinter der Tapetentür und wie sich die Zimmer im Obergeschoss verändern können, vom Spiegel, in dem Schreckliches zu sehen ist, von meiner Suche nach Amelie und von dem Schicksal, das unserem Schloss und der ganzen Welt droht. Und auch von Amatus, dem angeblichen Gärtner, und seinem Verrat. Irgendwann ist meine Kehle wie ausgedörrt. Ich trinke den letzten Schluck Tee, der noch vom Vortag in meiner Tasse übrig ist. »Wenn ihr mir nicht glaubt, dann lest die Sage«, krächze ich und schiebe Mom das Buch hin. »Wir müssen unbedingt herausfinden, wann das alles passiert. Amatus hat gesagt, bald. Aber man kann ihm nicht trauen.«

Mom nickt, aber sie klappt das Buch zu, ohne auch nur einen Blick hineinzuwerfen. »Linda«, sagt sie mit sanfter Stimme, »in diesem Schloss gibt es jede Menge Geheimgänge und auch eine Tapetentür, die zu einem Theatersaal führt. Das wissen wir schon seit einer Weile. Wir haben dir nichts davon erzählt, weil einige der Gänge womöglich einsturzgefährdet sind. Wir wollten nicht, dass du dich in Gefahr bringst.«

»Aber die Wasserspeier … Es heißt, das Schloss fällt in sich zusammen, wenn irgendwas mit dem Pferd und dem Wagen ist. Wir müssen unbedingt rausfinden, was das zu bedeuten hat.«

Zuerst seufzt Dad, dann Mom. Und sie fangen wieder davon an, wie schwierig im Moment alles für mich sei, der Umzug und vor allem die Pubertät, gerade für jemanden mit viel Fantasie. Das übliche Blabla eben. Ich schalte auf Durchzug. Sollen sie doch reden. Sie kapieren einfach nicht. Mal sehen, was sie sagen, wenn das Schloss vor ihren Augen zusammenfällt.

Dad knufft mich. »In ein paar Wochen lachst du darüber«, meint er. »Hast du vielleicht Lust, mit mir zusammen den Theatersaal genauer anzuschauen? Du könntest dort eine Party für deine neue Klasse geben. Na, wie wär's?«

»Raus!«, rufe ich wütend. Wenn er sich einbildet, mich mit solchen Tricks ablenken zu können, täuscht er sich. »Verschwindet endlich aus meinem Zimmer.«

Mom und Dad schauen so unglücklich aus, dass mir fast die

Tränen kommen. Warum lassen mich meine Eltern nur so im Stich? Warum glauben sie mir nicht endlich? Irgendwie schaffe ich es, keine Miene zu verziehen, bis hinter den beiden die Tür ins Schloss fällt. Erst dann werfe ich mich schluchzend in die Kissen. Es dauert lange, bis ich mich wieder beruhigt habe.

28. Kapitel

Uroma Adelheid war früher Schauspielerin, eine ziemlich bekannte sogar, und vielleicht habe ich von ihr das Talent geerbt. Tatsache ist jedenfalls, dass ich mich die nächste Zeit verhalte, als sei alles wieder total easy. Ich entschuldige mich bei Mom und Dad, dass ich ausgerastet bin, gehe jeden Tag pünktlich in die Schule, mache sämtliche Hausaufgaben (sogar die mündlichen), helfe anschließend in der Küche und beim Renovieren der Gästezimmer und habe sogar versprochen, in Zukunft freiwillig mein Zimmer aufzuräumen. Und als Mom neulich beim Essen meinte, die Wasserspeier könnten einem wirklich einen Mordsschrecken einjagen, habe ich bloß gesagt: »Ach was, die sind doch nur aus Stein.« Sofort haben sich meine Eltern einen erleichterten Blick zugeworfen. Linda ist endlich vernünftig geworden, hieß das.

In Wirklichkeit bin ich natürlich immer noch an der Sache

dran. Auf gar keinen Fall dürfen die Wasserspeier gewinnen. Deshalb belauere ich sie. Inzwischen habe ich herausgefunden, dass jeden Montagabend um sieben Uhr die Standuhr in der Eingangshalle zwölf Mal schlägt, das Signal, dass im Theatersaal eine Versammlung stattfindet. Wovon meine Eltern natürlich nichts mitkriegen – während mir fast die Ohren abfallen, wenn ich auch nur in die Nähe der Uhr komme. Zu gern würde ich die Wasserspeier belauschen, aber Mom und Dad lassen mich keine Minute aus den Augen, jedenfalls im Moment. Irgendwann gibt sich das bestimmt wieder. Ich hoffe bloß, es ist dann nicht schon zu spät.

Und ich hoffe, dass ich endlich mit meiner Amelie-Liste weiterkomme. Sieben Namen stehen inzwischen drauf, aber noch immer war keine von ihnen bei uns im Schloss. Die Pferde-Amelie wollte mich zwar besuchen, hat sich dann aber beim Turnen den Fuß verstaucht. Amelie 1 ist ständig im Schwimmbad, weil sie für einen Wettbewerb trainiert, Amelie 5 ist jeden Nachmittag bei ihrem Pony, Amelie 7 hat sich auf dem Weg zu mir im Wald verlaufen und ihre Eltern hätten fast die Polizei informiert. Ehrlich, ich komme mir langsam blöd vor, wenn ich meine Einladungen ausspreche.

»Hast du mal über meinen Vorschlag nachgedacht?«, fragt Dad, als ich an einem nebligen Morgen in der Küche stehe und mir ein Brot mit Kirschmarmelade schmiere. »Ich bin der Meinung, wir sollten beides zusammen veranstalten, einen Tag der offenen Tür und ...«

»Welchen Vorschlag?« Wütend starre ich auf den fetten Marmeladenfleck auf meiner hellen Jeans. »Mist, jetzt muss ich mich umziehen!«

»Na, deine Party!«, ruft Dad mir nach. »Die haben wir dir doch versprochen!«

Je länger ich an diesem Schulvormittag darüber nachdenke, desto besser gefällt mir die Idee. Aber es muss eine richtige Party sein und nicht so ein Kindergeburtstag mit Luftballons und Kerzen wie letztes Jahr. Mitten im Englischunterricht (wir lesen gerade einen Text über Halloween) wird es mir plötzlich klar: Es muss eine Halloween-Party sein.

»Übrigens«, sage ich zu Amelie 1, als wir uns am Kiosk in der Pausenhalle treffen, »ich mach 'ne Halloween-Party. Bist du dabei?«

»Aber klar doch!« Sie klatscht mich ab.

Wie in jeder Pause schaue ich mich auch an diesem Tag unauffällig um. Wieder vergeblich. Von Jakob ist nichts zu sehen. Er scheint wie vom Erdboden verschwunden zu sein. Ehrlich, mir kommt es vor, als hätte ich von ihm nur geträumt.

»Du, ich hab dich was gefragt«, sagt Amelie und wedelt mit ihrer Hand vor meinem Gesicht herum. »Pennst du? Wen lädst du überhaupt alles ein?«

Ich hole tief Luft. »Also, es wird eine Halloween-Party für alle Amelies an unserer Schule.«

»Amelies …? Warum denn das?«

»Weil ich das total witzig finde.« Sie schaut mich ungläubig an, und ich füge hinzu: »Außerdem heiße ich Linda-Amelie. Das müsste als Grund reichen, oder?«

Okay, das ist geschwindelt. Ich heiße Linda Adelheid (nach meiner Uroma), aber ich habe gelesen, dass man seinen Namen ändern lassen kann. Vielleicht mache ich das ja mal.

Amelie 1 kichert. »Zugegeben, irgendwie ist das schon witzig. Das gibt bestimmt ein totales Chaos, wenn jede Menge Amelies bei dir auftauchen. Du musst uns Nummern geben oder so.«

Fast wäre mir rausgerutscht, dass ich genau das schon längst getan habe. Gleich in der nächsten Pause will sie eine Liste mit allen Amelies anfertigen. »Ich frage im Sekretariat nach. Frau Wunder ist total hilfsbereit. Und welche Jungs laden wir ein?«

Ich zögere einen Moment, als müsste ich überlegen. »Wie wär's mit allen Jakobs?«

»Jakob?« Begeistert hört sich das nicht an. »Von mir aus. Aber können wir noch ein paar Jonasse dazunehmen? Den aus der 8a finde ich nämlich unheimlich süß.«

Ich lache erleichtert auf. Wie es aussieht, steht Amelie inzwischen auf irgendeinen Jonas. »Das wird die genialste Amelie-Jakob-Jonas-Halloween-Schloss-Party«, verspreche ich.

Ziemlich schnell spricht es sich in der Schule herum. Ein paar aus meiner Klasse sind sauer, weil sie nicht eingeladen sind. Aber was kann ich dafür, dass sie nicht Amelie oder Jakob oder Jonas heißen? Die meisten jedenfalls finden meine Idee ziemlich abgefahren, und ich bin fast so was wie der Star auf dem Schulhof.

In der nächsten Pause ist meine Gästeliste bereits fertig; vierzehn Amelies stehen darauf, Jakob (vier Mal) und Jonasse (fünf Mal), und Amelie 1 schlägt vor, dass sie die Einladungskarten schreibt. Wir einigen uns darauf, dass auch noch ein paar Jonathans dabei sein dürfen; dieser Name fängt schließlich auch mit J an.

Ich bin ziemlich zufrieden mit mir, als ich mich nach der achten Stunde auf den Heimweg mache. Eine dieser vierzehn Amelies muss es sein, und sie wird dann hoffentlich das Schloss wiedererkennen. Der Wasserspeier mit seiner Fistelstimme fällt mir ein und wie panisch er klang, als er von Amelie redete. Weil Amelie es schaffen kann, die Pläne der Wasserspeier zu durchkreuzen? Ich hoffe es so sehr! Im Rucksack klingelt mein Handy. Ich angle es heraus, lese Amelie 1 auf dem Display und will gerade abnehmen, als neben mir ein Moped hält. Schnell lasse ich das Handy zurück in den Rucksack gleiten.

»Jakob?«, rufe ich überrascht.

Er stellt den Motor aus und nimmt den Helm ab. »Den Auspuff hab ich repariert. Den hört man kaum noch. Wenn du magst, fahr ich dich heim.« Er grinst. »Kann aber sein, es dauert, bis das Teil wieder anspringt. Doch ich krieg das immer in den Griff. Also, willst du?«

»Wo warst du die ganze Zeit?«, frage ich. Ich merke selbst, wie misstrauisch meine Stimme klingt, aber Jakob strahlt mich an.

»Hey, Linda, sag bloß, du hast mich vermisst! Ich dich aber auch … Ich war auf 'ner Klassenfahrt. Ostsee, das war megaöde, das kannst du dir nicht vorstellen.«

Wow! Jakob hat mich vermisst. Von einer Sekunde auf die andere bin ich total glücklich. Ich glaube, mehr Glück geht gar nicht.

»Hast du meine Karte nicht gekriegt?«

Ich schüttle den Kopf, und er meint, das hätte er schon befürchtet. »Weil ich keine genaue Adresse hatte. Und deinen Nachnamen wusste ich auch nicht. Also hab ich anstelle der Straße einfach Schloss geschrieben.«

»Süß«, kichere ich und will mich gerade aufs Moped schwingen, als mir leider Amatus einfällt. Misstraue allem und jedem, hat er mich gewarnt. Zwar hat dieser miese Verräter mich belogen, aber trotzdem … »Warum warst du vorletzten Montag eigentlich am Schloss?«, frage ich.

»Was? Wie kommst du darauf? Montag? Ganz bestimmt nicht.«

»Ich hab dein Moped gesehen.«

»Und ich hab dir gerade gesagt, das kann überhaupt nicht sein. Klassenfahrt! Ostsee!«

Jakob sieht mir direkt in die Augen und lügt mich dabei an. Wie eine Seifenblase zerplatzt mein wunderschönes Glücksgefühl; zurück bleibt nur ein widerlicher Geschmack. Wortlos drehe ich mich um und renne los. Während Jakob vergeblich versucht, sein Moped zu starten, rufe ich Amelie 1 an und sage ihr, dass ich mir das mit den Jungs noch mal überlegt hätte. »Eine Halloween-Party nur mit Amelies ist bestimmt viel witziger«, behaupte ich.

»Wenn du meinst.« Sehr überzeugt klingt das nicht.

29. Kapitel

Was schon mal sicher ist: Wir werden die tollste Halloween-Party feiern, die es je gegeben hat. Alle vierzehn Amelies haben zugesagt. Kein Wunder, dass ich gute Laune habe, und das trotz des Flops mit Jakob (ich habe beschlossen, ihn so schnell wie möglich zu vergessen) und des Ärgers mit den blöden Wasserspeiern. Seit ein paar Nächten raunen sie ununterbrochen, es hört sich an wie *bald-bald-bald*, und sogar Mom und Dad wundern sich über die seltsamen Geräusche. Doch gerade im Moment sind es andere Dinge, worüber ich mir den Kopf zerbreche, nämlich die Deko für den Theatersaal, das Essen, mein Kostüm. Seit einer halben Stunde schon sitze ich auf meinem Bett und kann mich nicht entscheiden. Hexe? Vampir? Teufel? Oder was total Abgedrehtes? Aber was?

Die Zimmertür wird aufgerissen, und meine Eltern stürmen herein. »Ja!«, jubelt Mom und wirft sich so heftig neben mir aufs

Bett, dass Mirabell, die am Fußende geschlafen hat, einen erschrockenen Satz macht. »Ja! Wir haben es geschafft!«

Dad wedelt mit einer Zeitschrift. »Ein Artikel über unser Schloss. Wir werden uns vor Hotelgästen nicht mehr retten können. Die allerbeste Werbung, die man sich vorstellen kann. Und auch noch umsonst!«

»Am Tag der offenen Tür werden sie uns die Bude einrennen«, sagt Mom und stößt mich in die Seite. »Das steht schon mal fest.«

»Schön«, murmle ich.

»Schau dir die Fotos an. Da war ein echter Künstler am Werk. Unser Schloss kommt wie ein Märchenschloss rüber. Dabei habe ich zuerst noch gedacht, hoffentlich kann der junge Mann seine Kamera auch richtig bedienen.«

Mom lacht. »Ja, der Fotograf hat erst mal überhaupt nicht wie ein Profi gewirkt. Vorletzten Montag war er hier, als wir gerade die Brunnenfigur abschlagen wollten. Er kam mit einem Uraltmoped angebraust. Als er wieder fahren wollte, ist es nicht angesprungen, vermutlich fehlte Sprit. Frag nicht, wie er geschimpft hat. Anscheinend leiht sich sein Bruder immer das Moped aus und vergisst dann zu tanken.« Sie stößt mich an. »Jetzt lies doch endlich den Artikel.«

Ich nicke und starre auf die aufgeschlagene Seite. Doch genauso gut könnte auch ein leeres Blatt vor mir liegen. Ich habe nur einen einzigen Gedanken, und der fühlt sich richtig gut an. Jakob hat mich nicht angelogen! Er hat mir bloß nicht erzählt, dass das Moped seinem Bruder gehört.

»Echt toller Artikel«, sage ich schließlich. »Aber jetzt muss ich weiter Hausaufgaben machen.«

Kaum sind meine Eltern verschwunden, bin ich auch schon am Handy und spreche Amelie 1 auf den AB. »Hi, hier ist Linda. Ich hab's mir überlegt. Mit Jungs wird unsere Party doch lustiger. Hast du noch Einladungskarten?«

Dann endlich ist es so weit. Den Theatersaal habe ich ganz allein dekoriert, und ehrlich, ich bin total aufgeregt. Am liebsten würde ich sofort mein langes schwarzes Vampirprinzessinnenkleid anziehen, aber vorher muss ich meinen Eltern beim Tag der offenen Tür helfen.

»Das sieht nach einem ziemlichen Reinfall aus«, meint Mom frustriert. Eine große silberne Kaffeekanne in jeder Hand, steht sie in der Eingangstür und deutet mit einer Kopfbewegung auf die kleine Gruppe, die sich um Dad im Schlosshof versammelt hat. Zehn oder zwölf Leute höchstens, und nicht die mindestens fünfzig, auf die meine Eltern gehofft haben. Es nieselt, und die ersten spannen ihre Regenschirme auf. Ziemlich unwahrscheinlich, dass jemand Lust hat, draußen Kaffee zu trinken und Kuchen zu essen. Ich überlege noch, wie ich Mom aufmuntern könnte, als sie einen überraschten Schrei ausstößt. »Dort drüben, ist das nicht Herr Pfeifer?«

Mir fällt die Kinnlade runter, als ich sehe, wie der Pfeifer in einer gelben Regenjacke quer über den Schlosshof zu der Gruppe rennt. Dann erst erkenne ich, dass dort noch mehr Lehrer aus meiner Schule versammelt sind: die Kragensteiner, die Behrens, unsere Sportlehrerin und noch einige, die ich nur von der Pausenaufsicht kenne.

Mit Nachdruck stellt Mom die beiden Kaffeekannen auf einem der kleinen Tische ab. »Am besten mache ich gleich die Führung, bevor der ganze Matsch ins Schloss geschleppt wird. Du kannst hier in der Halle für siebzehn Personen decken.« Sie seufzt leise. »Vielleicht kommen ja noch ein paar Nachzügler. Draußen wird das bei diesem Wetter heute aber bestimmt nichts mehr.«

Ich nicke und verziehe mich schleunigst in die Küche. Dem Pfeifer über den Weg zu laufen, wäre ungünstig. Denn so richtig gut komme ich nicht aus mit ihm, vor allem nicht, weil er mir schon wieder das Handy abgenommen hat. Also warte ich, bis alle Besucher im Obergeschoss verschwunden sind, türme dann Geschirr auf ein Tablett und balanciere es in die Halle.

Unvermittelt schraubt sich aus einem der Sessel ein dicklicher Mann mit Glatze hoch. »Hat die Führung schon begonnen?«

Erschrocken umklammere ich das Tablett, das mir fast aus der Hand gefallen wäre, und nicke.

»Dann muss ich wohl auf die nächste warten«, sagt der Mann, der mittlerweile ans Fenster getreten ist und nach draußen blickt. »Bedauerlich, dass es regnet. Ausgerechnet heute.«

Ich verteile Teller und Tassen, kunstvoll gefaltete Servietten, Kuchengabeln, Teelöffel, während der Mann immer noch am Fenster steht und wie ein Wasserfall redet.

»... du interessierst dich wohl nicht für Astronomie?«, fragt er.

»Eher weniger.« Hastig zähle ich ab, ob es auch wirklich siebzehn Gedecke sind. Von oben sind Stimmen zu hören, und ich will fertig sein, bevor der Pfeifer aufkreuzt.

»Dabei gibt es heute oder vielleicht auch erst morgen ein wahres Wunder zu bestaunen«, sagt der Mann. »Eine Sternenkonstellation, die es meines Wissens so noch nie gegeben hat. Unter anderem kann man beobachten, klaren Himmel mal vorausgesetzt, wie Pegasus den großen Wagen zieht. Pegasus ist das Pferd«, fügt er hinzu.

Eine Tasse fällt mir aus der Hand. Klirrend zerspringt sie auf dem Fliesenboden. »Pferd ... Wagen ... heute oder morgen ...«

Die Führung ist zu Ende. Moms fröhliche Stimme. Lautes Gelächter. Applaus. Alles in meinem Kopf dreht sich. Pferd ... Wagen ... heute oder morgen... Mit der Fußspitze schiebe ich die Scherben hastig unter einen Sessel. Pferd ... Wagen ... heute oder morgen ...

Es ist so weit!

30. Kapitel

Wie hätte ich ahnen können, dass die Katastrophe so nah ist? Zwar haben die Wasserspeier ununterbrochen ihr nerviges *bald-bald-bald* geraunt, doch ich dachte immer, es sei noch Zeit. Zumindest habe ich es gehofft. Aber vielleicht ist es auch gut, wenn es bald zu Ende ist, überlege ich, während ich mit schwarzem Kajalstift meine Lippen ausmale und die Augen umrande. Jetzt hängt alles von Amelie ab. Was, wenn sie sich nicht erinnert? Wenn sie …

»Bist du fertig?«, unterbricht Mom meine Gedanken. »Es ist gleich sieben.«

Vor ein paar Minuten hat sie die letzten Besucher verabschiedet, und jetzt beginnt mein Abend. Die Entscheidung. Pferd und Wagen … heute oder morgen … Unwillkürlich klappern meine Zähne. Aus dem Spiegel starrt mir ein totenblasses Vampirprinzessinnengesicht entgegen. Ehrlich, ich sehe zum Fürchten aus.

»Linda-Schätzchen!«

»Ich komme schon!«, rufe ich, ziehe die Kapuze meines schwarzen Kleides hoch und schlüpfe in Moms Plateauschuhe.

»Toll siehst du aus!«, meint sie, als ich aus meinem Zimmer stakse. »Denk dran, die Absätze sind sehr hoch!«

Ich verziehe den Mund zu einem Lächeln. Als ob das meine Sorgen wären!

Dad, der im Hof die Fackeln angezündet hat, kommt auf mich zu und klopft mir auf die Schulter. »Viel Spaß bei deiner Party. Und falls es ein Problem gibt … Wir sind im Wohnzimmer.«

Ich nicke. »Ich weiß«, sage ich so locker wie möglich. »Ich hoffe bloß, meine Gäste sind pünktlich.«

Und dann sehe ich sie auch schon. In einer langen Prozession schreiten Teufel, Vampire, Hexen und Zaubermeister, Skelette, Mumien, Mönche und unförmige Gestalten über den Schlosshof. Nichts ist zu hören außer dem Knirschen ihrer Schritte auf dem Kies. Sogar die Wasserspeier haben für einen Augenblick ihr Raunen eingestellt.

»Hi! Toll, dass ihr da seid!«, rufe ich, als alle im Halbkreis vor dem Eingang stehen. »Mir nach! Ich zeig euch erst mal das Schloss.«

Mit lautem Geschrei stürmen wir ins Schloss. Natürlich wäre es schön gewesen, wenn die richtige Amelie bereits in der Eingangshalle gestutzt und sich an ihre Vergangenheit erinnert hätte.

Doch das ist wohl eher ein Wunschtraum. Also setze ich auf das obere Stockwerk oder einen der Geheimgänge. Aber auch dort: Nichts passiert. Es ist zum Verrücktwerden. Ein paar Mädchen gähnen heftig, und Amelie 2 will wissen, ob die Party in Wirklichkeit bloß eine Schlossführung sei. Das würde sie dann aber total langweilig finden.

Also öffne ich die Tür zum Theatersaal, und sofort ertönt ein vielstimmiges Wow! Von der Decke hängen eklige Spinnweben, künstliche Fledermäuse haben sich in den Netzen verfangen und gruselige Lampions verbreiten ein flackerndes Licht. Überall stehen Ritterrüstungen, und an den Wänden lehnen blinde Spiegel, die ich unter anderem in dem alten Plunder entdeckt habe.

»Selbstbedienung!«, rufe ich und deute auf den Sarg, den ich aus zwei großen Kisten gebastelt habe. »Es gibt Getränke, Madensalat und Hexenfinger.«

»Hi«, sagt ein schwarz gekleideter Mönch zu mir und schiebt seine Kapuze nach hinten. Jakob! Anerkennend hebt er beide Daumen. »Danke für die Einladung. Das ist 'ne super Location für 'ne Halloween-Party. Und du siehst übrigens auch super aus.«

Ich lächle ihn an, aber es ist ein unechtes Lächeln. Nicht einmal darüber, dass Jakob mich so lieb anschaut und mich toll findet, kann ich mich freuen. Stattdessen habe ich wieder mal dieses blöde Gefühl im Magen. Denn ich frage mich, warum mit einem Mal der schwarze Bühnenvorhang geschlossen ist. Und wer ihn zugezogen hat … Doch lange darüber nachdenken kann ich nicht. Stattdessen muss ich mit den Amelies reden, vom Schloss erzählen, von den Wasserspeiern und der Sage. Vielleicht kommt dann endlich die Erinnerung zurück. Ich hoffe es so sehr.

Einer von den Jonathans hat eine kleine Musikanlage mitgebracht, die er so laut aufdreht, dass man kaum noch sein eigenes Wort versteht.

»Es gab mal eine Brunnenfigur, die wurde in einen Menschen verwandelt!«, schreie ich einer der Amelies ins Ohr. »Die hieß übrigens auch Amelie. Hast du die Geschichte schon mal gehört?«

Sie wirft mir einen verständnislosen Blick zu. Okay, versuche ich es eben bei der nächsten. Und der übernächsten … Schließlich bin ich bei Nummer dreizehn angekommen. Vielleicht bringt mir ja die Dreizehn Glück. Ich bin zwar heiser vom lauten Schreien, aber ich gebe nicht auf. »Kennst du die Geschichte von Amelie, der Brunnenfigur?«, brülle ich Amelie 13, einer Hexe mit blutunterlaufenen Augen, ins Ohr. Sie weicht zurück, kreischt laut auf, und für den Bruchteil einer Sekunde glaube ich mich schon am Ziel. Doch dann erkenne ich, warum sie und auch alle anderen kreischen, als würde die Welt untergehen.

Der Bühnenvorhang hat sich gehoben. Die Musik ist verstummt, auch die lauten Schreie um mich herum.

Die Wasserspeier sind da!

31. Kapitel

Reglos stehen sie da, Dämonen, Mächte der Finsternis, in deren Augen abgrundtief das Böse aufblitzt. Bedrohlich schwillt ihr Raunen an. Eine der Amelies krallt sich an meinem Arm fest. »Wer ist das?«, fragt sie. Ihre Stimme bebt, und ich weiß, ich muss alles tun, damit keine Panik aufkommt.

»Überraschungsgäste!«, rufe ich und hoffe, dass niemandem das Zittern in meiner Stimme auffällt. »Ich dachte, ich muss euch mal richtig schocken!«

»Uns doch nicht!« Einer der Jungs kiekst (keine Ahnung, ob Stimmbruch oder weil er so 'nen Schiss hat) und nickt anerkennend. »Ist echt 'n geiles Outfit.«

Ein paar Leute kichern, und als würde dies Entwarnung bedeuten, dreht Jonathan die Musik wieder auf. Die ersten drängen sich zur Tanzfläche hinüber, andere zum Sarg mit den Getränken. Eine ganz normale Halloween-Party also. Wären da nicht die Wasserspeier, die von drohendem Unheil künden. Ihr Raunen wird zu einem wütenden Zischen: »Jetzt, jetzt, jetzt …«, und ich weiß: Allein schaffe ich das nicht. Ich brauche Mom und Dad. Spätestens jetzt werden sie mir glauben müssen.

Auf dem Weg zur Tür klatsche ich zwei Amelies ab, nicke, als einer der Jungs etwas von mir wissen will (keine Ahnung, was genau er gefragt hat), und haste nach draußen. Wo ist der Lichtschalter? »Mom? Dad?«, rufe ich in die Dunkelheit.

Erschrocken verstumme ich. Da ist doch noch jemand. Ganz deutlich höre ich jemanden in der Nähe atmen. Ein Feuerzeug flammt auf, und ich weiche überrascht zurück. Der Pfeifer. Was macht der Pfeifer hier?

»Hast du Frau Kragensteiner gesehen?« Wie aus Stein gemeißelt kommen mir seine Gesichtszüge mit einem Mal vor. »Linda? Hast du …« Die Flamme erlischt.

»Nein. Hab ich nicht.« Vergeblich versuche ich, mich an ihm vorbeizuschlängeln. »Ähm … ich muss schnell zu meinen Eltern.«

Das Feuerzeug klackt. »Vergiss es. Deine Eltern sind nicht da. Du hilfst mir jetzt bei der Suche nach Frau Kragensteiner. Bestimmt hat sie sich nach der Führung im Schloss verlaufen. Ich muss sie auf der Stelle finden, es ist äußerst wichtig. Du kennst dich doch hier aus im Schloss. Los! Wo ist der nächste Geheimgang?«

Mom und Dad sollen nicht da sein? Das glaube ich jetzt aber wirklich nicht. Und was soll das, dass mich der Pfeifer plötzlich unsanft am Arm packt und die Treppe hinunterschiebt?

Ich protestiere laut, aber er lacht nur grimmig. Doch dann scheint ihm irgendetwas aus der Jackentasche gefallen zu sein, denn er flucht laut. Erneut flammt das Feuerzeug auf, kurz lockert er seinen Griff, und ich will mich schon losreißen und zurück in den Theatersaal, als ich das blitzende Medaillon auf der Treppenstufe entdecke. In Sekundenbruchteilen läuft in meinem Kopf ein Film ab. Und endlich verstehe ich alles. Der Pfeifer bückt sich und greift nach dem Medaillon. Doch ich bin schneller!

»Dummkopf!«, schreit er und will es mir aus der Hand reißen. »Das wirst du mir büßen.« Mit voller Wucht trete ich gegen sein Schienbein. Was mit Moms Plateauschuhen für ihn bestimmt nicht sehr angenehm ist. Mit einem Schmerzensschrei lässt er mich los, sein Feuerzeug kullert die Treppe hinunter. Um uns herum ist es dunkel.

»Linda! Komm her! Das ist ein Befehl! Dir droht langer Schulausschluss, wenn du nicht augenblicklich …!«

Längst habe ich Moms Schuhe abgestreift. Barfuß, den langen Rock gerafft, renne ich die Treppe hoch. Ich muss die Kragensteiner finden. Ich muss sie vor dem Pfeifer finden. Seine wütenden Rufe hallen hinter mir her, als ich den langen Korridor entlangeile, an dessen Ende ein Lichtstrahl unter der Tür hindurchschimmert.

Ein großer, dunkel getäfelter Saal mit bodenlangen roten Samtvorhängen und Lehnstühlen mit zerschlissenen roten Polstern, acht oder zehn Stühle bilden ein Halbrund. Das Medaillon fest umklammert, nähere ich mich dem Spiegel, der an einem der Fenster lehnt. Und dort sehe ich sie endlich. Sie steht mit dem Rücken zu mir, hat den Spitzenvorhang zur Seite gezogen und blickt nach draußen in den Park, der im silbrig glänzenden Mondlicht wie ein Scherenschnitt wirkt.

»Amelie?«, flüstere ich.

Langsam dreht sie sich um und streicht sich die langen schwarzen Haare aus dem Gesicht. »Ich wusste nicht, dass Sie Amelie sind, Frau Kragensteiner«, sage ich. Aber ich habe nicht den Eindruck, dass sie mich gehört hat. Wortlos halte ich ihr das Medaillon hin. Bilde ich es mir ein, oder lächelt sie, während sie einen Schritt auf mich zumacht und mir die Kette mit dem Medaillon umlegt? Ihre Finger sind kühl, und ein Schauer überläuft mich, als zwölf dumpfe Schläge ertönen.

Stille. Dann …

»Rrrr! Rrrr! Rrrr! Rrrr!«

Ich fahre herum. Mit angehaltenem Atem beobachte ich, wie sie den Hörer des altmodischen schwarzen Telefons abnimmt, das hinter ihr auf der Fensterbank steht. »Amatus, mein lieber

Freund«, höre ich sie hauchen. »Du weißt, ich billige nicht immer die Wahl deiner Mittel. Du hättest ihre Eltern nicht entführen dürfen. Auch wenn du damit nichts Böses bezweckt hast … Doch all das sei nun vergessen, denn endlich ist der große Moment gekommen …« Sorgfältig, als sei dies eine besonders wichtige Tätigkeit, legt sie wieder auf. Genauso sorgsam zieht sie den roten Samtvorhang vor den Spiegel, blickt sich mit einem seltsam verträumten Blick noch einmal um im Raum und geht dann zur Tür. Nein, es ist kein Gehen, es ist ein Schweben, als wäre sie ein Wesen aus einer anderen Welt. Mit ihr verschwindet die Helligkeit, es wird dunkel um mich herum. Ich will ihr nachlaufen, ich habe doch so viele Fragen, aber ich kann mich nicht mehr bewegen. Wie gelähmt stehe ich mitten im Zimmer, als ein greller Blitzschlag die Finsternis zerreißt. Gewaltige Donnerschläge lassen die Mauern erbeben, ein Sturm heult um das Schloss. Ist es das Ende? Wird das Schloss in sich zusammenstürzen? Haben die Wasserspeier gesiegt? Ich will schreien, aber auch meine Stimme versagt.

Doch dann, genauso unvermittelt, wie es losgebrochen ist, endet das Inferno. In die plötzliche Stille hinein höre ich Mom rufen: »Linda-Schätzchen? Wo steckst du? Sag deinen Gästen, in einer halben Stunde geht das Feuerwerk los.«

Benommen mache ich ein paar Schritte zum Fenster. Als ich den Samtvorhang zur Seite schiebe, steht dort kein Spiegel mehr.

Stattdessen blicke ich in den Park, wo Dad am Rondell mit den Vorbereitungen beschäftigt ist. Eine erste Leuchtrakete steigt zum Himmel, und ein goldener Sternenregen ergießt sich über die Brunnenfigur aus strahlend weißem Marmor. Amelie ist zurück!

»Wo warst du die ganze Zeit?«, will Jakob wissen, als ich wenig später im Theatersaal auftauche. Ich murmle etwas, während ich unauffällig nach den Wasserspeiern Ausschau halte. Auf der Bühne stehen sie jedenfalls nicht mehr.

»Falls du diese irren Typen suchst«, Jakob verzieht angewidert das Gesicht, »die waren plötzlich verschwunden. Bestimmt hat ihnen unsere Musik nicht gefallen. Also irgendwie waren die schon ziemlich krass verkleidet. He, wollen wir tanzen?«

Die Idee finde ich genial, vielleicht, weil ich dann ein bisschen runterkomme. Denn noch immer jagen die Gedanken wirr durch meinen Kopf. Wo sind die Wasserspeier geblieben? Was ist mit der Prophezeiung? Welche Rolle spielt der Pfeifer? Hat er so panisch nach Amelie gesucht, weil er Donaldus' Spion ist?

Wir stehen kaum auf der Tanzfläche, als die Tür aufgeht. Mom und Dad stehen da, bleich und mit betretener Miene. »Macht mal die Musik leiser!«, ruft Dad. »Wir haben ein kleines Problem. Unser Feuerwerk muss leider ausfallen.«

So ein richtiges Problem ist das für die meisten nicht. Jede

Wette, die meisten hätten lieber noch eine Weile getanzt, aber Dad besteht darauf, sofort alle mit dem Transporter nach Hause zu bringen. »Passt auf, wenn wir nach draußen gehen«, sagt er, als wir in der Eingangshalle stehen. »Im Schlosshof liegt einiges, was vorhin runtergekommen ist. Wir haben keine Ahnung, wie das passieren konnte. Zum Glück wurde niemand verletzt.«

»Sieht aus wie auf einem Schlachtfeld«, meint Mom kopfschüttelnd. »Ich verstehe nicht, wie auf einen Schlag fast alle Wasserspeier herunterstürzen konnten. Dabei war kein Sturm, kein Gewitter, rein gar nichts … Linda? Bleib hier! Wo willst du hin?«

Aber ich bin schon draußen im Hof, wo sie alle im Staub liegen, die bösartigen Wasserspeier, zerschmettert, in tausend Teile zersprungen, besiegt für alle Zeiten. »Das habt ihr jetzt von eurer Bosheit«, sage ich. Mein Blick wandert zum Dach hoch, und einen Moment lang setzt mein Herzschlag aus, als ich den einzigen Wasserspeier sehe, der dort oben steht. Pfeifer! Eindeutig, es ist der Pfeifer.

»Den schlagen wir auch ab«, höre ich Mom sagen. »Nicht auszudenken, einer unserer Gäste würde von einem ollen Wasserspeier erschlagen werden.«

32. Kapitel

Natürlich gibt es in der nächsten Zeit jede Menge Gerüchte in der Schule, der Pfeifer sei mit der Kragensteiner durchgebrannt und solche Storys. Dann aber kommt ein offizielles Schreiben der Schule, dass Frau Kragensteiner zu ihrer Schwester nach Kanada ausgewandert und Herr Pfeifer ab sofort an einer anderen Schule tätig sei. Das kann glauben, wer will. Ich weiß es jedenfalls besser. Und eigentlich ist das unwichtig. Wichtig ist nur, dass ich endlich angekommen bin (so nennt Mom das). Amelie 1 ist meine beste Freundin. Zwar habe ich immer noch nicht herausgefunden, für welchen Jakob sie eine Weile lang geschwärmt hat. Aber das ist auch egal. Seit Kurzem steht sie nämlich total auf Tim. Er jobbt in einem Bistro, und so hängen wir nachmittagelang dort ab. Und dann ist da natürlich noch mein Jakob, der auch an diesem Novembersamstag trotz des heftigen Schneegestöbers mit dem Moped in den Schlosshof braust.

»Hi«, sagt er, als ich ihn abklatsche. »Gehen wir wieder in den Park? Ich muss dir was erzählen. Du erinnerst dich doch noch an die Sage, oder? Ich hab beim Aufräumen ein altes Deutschbuch von meinem Bruder gefunden, und da steht drin, wie die Geschichte weitergeht. Also: Der Herzog und seine Leute wurden verflucht und in Wasserspeier verwandelt. Und dann gibt es die Prophezeiung, dass sie sich richtig mies an den Menschen rächen werden. Aber das kann verhindert werden, wenn die Brunnenfigur zu einer bestimmten Sternenkonstellation an ihren Platz zurückkehrt und die alte Ordnung wiederhergestellt ist.«

»Klingt interessant«, murmle ich.

»Du kannst mich für verrückt halten«, sagt er so leise, dass es kaum zu verstehen ist. »Aber die Brunnenfigur auf dem Rondell hat verdammte Ähnlichkeit mit der Kragensteiner. Angeblich ist sie ja in Kanada. Aber ich glaube das nicht.«

»Ich auch nicht«, sage ich und greife nach seiner Hand. Wir spazieren durch den Park, während Mirabell um uns herumfegt und vergeblich versucht, Schneeflocken zu erhaschen.

Mom und Dad glauben übrigens, der Baumarkt habe die Statue unverlangt geliefert, und sind gespannt, wie teuer sie sein wird, denn es handelt sich um feinsten italienischen Marmor. Natürlich könnte ich die beiden aufklären, aber ich halte lieber den Mund. Glauben würden sie mir wahrscheinlich sowieso nicht.

Der Pfeifer steht immer noch auf dem Sims. Ich finde, das ist die gerechte Strafe für ihn, dort oben bei Wind und Wetter. Ab und zu hört man ihn jammern, dass ihm kalt sei und dass er unter Höhenangst leide. Aber Dad hat momentan viel zu tun (er frischt seine Butler-Kenntnisse auf, unser Hotel eröffnet nämlich am ersten Advent), und deshalb muss der Pfeifer noch über den Winter dort oben bleiben. Dann aber wird er endgültig abgeschlagen.

Der arme Amatus liegt noch immer hinter dem Rondell im Gebüsch, dort, wo Dad ihn vor Wochen entsorgt hat. Inzwischen bin ich nicht mehr ganz so sauer auf ihn. Ich weiß jetzt, er hatte Mom und Dad nur deshalb in seiner Gewalt, weil er wollte, dass ich endlich handle. Und Amelies Stimme klang so zärtlich, als sie mit ihm sprach. Von mir aus kann er im Gebüsch liegen bleiben. Aber Freunde werden Amatus und ich bestimmt nie mehr.

»Was denkst du gerade?« Jakob stößt mich an.

»Nichts Wichtiges«, behaupte ich und streiche verstohlen über das Medaillon, den einzigen Beweis, dass alles wirklich so war. Flüchtig fällt mir ein, wie Amelie im Lernmittelzimmer stand, damals, als sie noch Frau Kragensteiner war und ich meine Schulbücher abgeholt habe. Und jetzt erinnere ich mich auch an ein sonderbares Gefühl. Hätte ich damals schon ahnen können, dass irgendetwas mit ihr nicht stimmt?

»Alles okay?«, fragt Jakob nach, und ich lache und sage: »Vergiss bloß nicht, dass wir morgen bei Amelie zum Frühstück eingeladen sind. Und nächste Woche wollen wir mit ein paar Leuten aus der Parallelklasse die Weihnachtsdeko basteln.«

Ich werfe noch einen Blick auf Amelie, die unnahbar schön auf dem Brunnen steht. Amelie Kragensteiner, das habe ich im Schreiben der Schule gelesen und auf der Lehrerliste, dic in der Pausenhalle hängt. Ich hätte wirklich so viel früher darauf kommen können.

Aber Mom sagt immer: Wer weiß schon, wozu Umwege im Leben gut sind. Vielleicht hat sie damit ja auch recht.